LES **MOISSONS**

Créé et dirigé par Romain Naudin

Petites **histoires** de mon **passé**

JACQUY JOGUET

Petites **histoires** de mon **passé**

LES MOISSONS

« Je ris, c'est ma plus grande contribution »

Joanne Morency.

« … et par-dessus tout une tendresse qui
résulte de la combinaison entre la réalité et
le rêve, cette sublime collusion »

Carson Mc Mullers.

AVANT PROPOS

Mes souvenirs d'enfant sont allés cueillir les sourires dont ils avaient besoin pour se mettre en mouvement. Un peu de nerf pour leur intrigue. Quelques failles choisies dans l'écorce du temps et certains rêves tenus dans notre maison. La rumeur du dehors et ses morceaux de ciel pour le choix des couleurs. Toute gaieté est bonne à prendre à l'ouverture des paupières. Pardon aux personnages de mon spectacle familial et villageois. Avant tout, j'ai retenu d'eux ce dont j'avais besoin pour mes intrigues. Figurines dans mon théâtre de papier, je les ai manipulés à ma guise. Et pour ceux que j'ai aimés dans les élans de mon âge, avec tendresse. Comme dans les contes, j'ai aussi prélevé des menteurs et des malveillants. Leur tailler quelques costumes surélève mes favoris.

Lorsqu'on est un enfant de huit ou neuf ans comme je le suis dans la plupart de mes histoires, la vie se déroule au rythme des envies, des joies, des peurs. Elle rebondit, s'englue parfois dans des journées molles. Un œil pourtant reste éveillé, celui que l'on garde sur ses parents. Héros malgré eux de nos petits mondes intérieurs, nous les sacralisons pour nos besoins. Puis le temps suit son cours, et nos modèles d'hier apparaissent parfois dans leur nudité.

Aujourd'hui, en dépit de leurs discordances et de leurs erreurs, je rends grâce à mes parents d'avoir voulu rendre notre jeunesse attrayante et joyeuse. Quel mythe de la famille ont-ils essayé de construire ? Ont-ils favorisé nos destins ? Chacun de nous répondra à sa manière, selon ce qu'il ressent.

Pour la nécessité du bonheur que je m'invente, j'ai remodelé les histoires du passé. La place que j'y occupe est celle que je crois avoir eue. J'ai arrondi quelques angles, pratiqué quelques arrangements avec la vérité pour une autre plus heureuse sous une pluie de confettis.

À vous deux mère et père, je l'offre aujourd'hui. Concernant les histoires familiales on est peu maître de ses racontages. Ils sont une rivière, ils sont un fleuve. Leurs crues témoignent de la fougue de nos imaginaires mais aussi de leur force souterraine. Car c'est bien l'amour qui les anime et chacun veut avoir son dû, ce qui provoque parfois quelques turbulences. J'aime ce qu'ils m'ont appris : l'intensité du lien, la vigilance silencieuse, la retenue opportune, les ressources du rêve, l'attrait du rire. Pas d'orgueil inutile, l'échange dans la discrétion, l'attention aux autres comme fortune.

Dans mon univers d'aujourd'hui, les nuages porteurs de bonnes nouvelles sont salués avec élégance. Sans doute une transmission de notre grand-père maternel dont le métier était facteur. Sitôt reçues, les enveloppes sont décachetées en plein vol, les mots doux saisis par le col. Leurs parfums de vent tardent à s'en échapper. Chez nous c'est ce qu'on appelle la chance : un petit rien tout habillé de tendre avec quelque chose autour.

Que dire alors de l'émotion que procurent certains souvenirs quand la mémoire se penche vers eux ? Ils disent ce qu'ils peuvent des crocs-en-jambe dans la fratrie, de ce qu'il reste à polir pour se comprendre, de l'affection sereine tant recherchée.

Chassant les infortunes d'hier, je rouvre mon petit théâtre. Seul avec mes personnages,

j'y retourne avec énergie, le rire comme complice.
Elle rit, il rigole.
Mais aussi… rigole : petit fossé aménagé dans la terre pour l'écoulement des eaux, petit fossé tant recherché les jours de pluie.
Alors naviguez coquilles de noix, bateaux de papier, loin, très loin, dans le courant de la vie, il faut maintenant que je raconte…

Il

nous fait rire
ouvrir la bouche
pour faire entrer le soleil
jouer aux quatre coins
avec le hasard.

DE L'ANECDOTIQUE AU SACRÉ, UN MYSTÈRE DANS LA COMMUNE

Plan-plan, puis petit plan, gros plan ! Puis plan moyen, espace, et lamentable petit plan tout écorché parce que la baguette est tombée sur le bord en bois du tambour. Ça m'énerve. Le père Moquet est encore plus irrégulier que d'habitude. Le roulement de tambour c'est pa-pa-ma-man pa-pa-ma-man, deux coups de chaque main bien secs au milieu de la peau, de plus en plus vite, toujours réguliers. Quand Max, celui de la fanfare qui nous apprend à jouer, fait un roulement de tambour, ça fait rrrrrran à la vitesse du son, on distingue à peine les baguettes ! Mon copain Camille et moi on en est encore à faire des pa-pa-ma-man comme si on commençait à lire. Mais on s'applique. Tandis que le père

Moquet fait n'importe quoi, un vrai gâchis. Quand je le dis à ma mère elle me répond que le travail du garde champêtre ce n'est pas de jouer du tambour, mais d'annoncer les informations.

Mais ce matin, les mots du père Moquet sont désarticulés et mous. Lui qui d'habitude lance son « Avis à la population ! » avec sa voix de clairon peine ce matin à le pousser hors de sa bouche. Les informations qui suivent processionnent tristement jusqu'aux oreilles des gens sortis de chez eux pour l'entendre. Personne ne traîne après les trois ou quatre coups de tambour qui marquent la fin des annonces municipales. Ni patati, ni patata, mais le bruit dissonant de deux baguettes qui tombent par terre et un garde champêtre empêtré dans des gesticulations alambiquées pour les ramasser. Seule la moustache du père Moquet garde son intangible immobilité. Tout le reste de sa personne frisotte, balbutie. Qu'est-ce qui a pu se passer qui rend notre garde champêtre tout cuit à l'intérieur comme une vieille laitue ? Un petit souffle de mystère souffle sur la commune. Et les chasseurs de mystère de la Mothe-Achard, c'est Camille, mon copain de tambour, et moi.

On est presque toujours ensemble. Notre QG c'est les halles. Tout en faisant des concours de vitesse avec nos petites voitures Talbot-Lago, on garde l'oreille dressée, l'œil ouvert. À ce jeu-là, j'ai de l'avance sur Camille, grâce à mon grand-père qui, avec son métier de facteur, connaît tout le monde. Fin observateur, il me dit souvent : « les gens ont un contour, une apparence. Regarde-les bien, l'air qu'ils se donnent, c'est ton diapason, mets-le à ton oreille, tu devineras leurs fausses notes. »

J'ai convaincu mon partenaire enquêteur, et façon Dupond et Dupont, on sillonne le bourg, on scrute, on observe, et on relève les changements dans les comportements.

À ce jeu, les trois premiers jours de cette semaine ont été immensément productifs, dirait la cousine Thérèse qui adore les adverbes. Notre efficacité a été digne des plus grands détectives. Je la résume :

Lundi, Louise Audureau l'épicière, son air de sainte-nitouche augmenté puissance douze. Je note et transmets à Camille. La cliente devant nous, Mme Genty, envoûtée, déconcentrée par l'amabilité surdimensionnée de la commerçante. Poids de pommes de terre versées dans son panier en contradiction avec celui inscrit sur la balance. Intervention subtile mais implacable de Camille. Honte de Louise Audureau et correction immédiate. Clin d'œil de Mme Genty à notre adresse en sortant du magasin.

Mardi, cri façon Géronimo lancé par moi dans l'atelier du serrurier. Camille et moi alertés par les minauderies de l'artisan pour attirer un chat avec du lait dans une tasse. « Minou-minou » beaucoup trop accentué chez un homme d'habitude raide et coléreux et en opposition avec le bâton dans sa main. Chat alerté par mon cri, sauvé d'extrême justesse. Surprise du bourreau, arguments fallacieux et air complètement idiot avec son bâton dans la main.

Mercredi, découverte d'un message non-verbal du père Firmin à l'adresse du charcutier. Tirant sa peau sous son menton, il indique d'un coup de tête la direction du bistrot. Accord immédiat de l'interpellé, puis changement de direction et d'allure des deux compères quand ils s'aperçoivent que, de l'autre côté de la rue, deux gamins ont dévoilé leur jeu.

Aujourd'hui jeudi, il fait froid. Le printemps à peine né fait déjà la grimace ou, comme dit ma mère, fait des caprices. Peu de monde dans la rue. Camille et moi, on marche à toute vitesse. Nos voitures de course sont restées dans nos poches, et on a vite quitté les halles. Nos cuisses dénudées ont la couleur des cerises (qu'il fasse chaud ou froid, nos mères respectives ont décidé que, l'hiver fini, les pantalons devaient rejoindre l'armoire). Nous déambulons tête baissée, notre vigilance enfouie sous nos cache-cols. Les bizarreries sont en vacances, on ne risque pas de les débusquer.

Heureusement la voix de mon grand-père, l'harmoniste de ma petite vie, est là pour me réveiller. Driiing! elle sonne dans ma tête et me fait lever les yeux. Sur le trottoir d'en face, la silhouette du père Mocquet, d'abord floue, se dessine, prend du relief. Tremblante et agitée, elle s'arrête devant chaque encoignure, repart, accélère l'allure, se plante de nouveau devant un espace vide entre deux maisons, puis s'affaisse. La tristesse qui s'en dégage est comme un voile toxique qui en trouble le contour. Toute espièglerie, un des traits majeurs du caractère du garde champêtre, a disparu. Rien qu'une apparence lourde et indécise. Le père Moquet est comme un pantin désaccordé qui pendouille et s'agite dans le théâtre de la rue. Quelle turbulence, quel mystère en tire donc les fils ? Avec Camille la concertation ne dure pas plus qu'une poignée de secondes : un regard échangé, quelques mots afin de sceller notre accord, nous voici dans le sillage hasardeux du garde champêtre.

La suite tient plus du jeu de l'oie que de la filature. La déambulation du père Moquet dans le bourg de La Mothe-Achard ce matin, c'est du bégaiement de marcheur, dont le risque est de déconcentrer les suiveurs que nous sommes. Parfois nous ralentissons, nous nous laissons distraire et c'est ce qui arrive quand le père Moquet tourne dans la venelle montante qui conduit à son domicile. Le temps d'y arriver nous-mêmes, il a disparu. Nous grimpons jusque chez lui, aucun signe de sa présence. Un tour du pâté de maisons, passage devant le palais de justice, re-venelle-et-pâté-de-maisons, toujours rien. Vent glacé plus mystère qui s'épaissit, notre ténacité risque le rhume. Nos yeux refont un voyage dans la venelle, large et persistant. Zoom avant, zoom arrière, plan moyen, arrêt de la bobine : la porte en bois de l'écurie communale, si moussue qu'elle se confond avec le lierre sur le mur, nous l'avions oubliée ! Petite poussée, la porte résiste. Grosse poussée de Camille qui n'a pas l'épaule riquiqui comme moi, la porte s'ouvre et vient claquer contre le mur, comme un coup de cymbale annonçant l'entrée des artistes.

Nous écarquillons les yeux pour percer l'ombre qui règne dans la grange et donnons forme au tableau qui se compose devant nous. Notre garde champêtre est assis sur une botte de paille, montrant d'un geste lourd le grand vide où se tient d'habitude Pompon, la jument de la commune. Or le garde champêtre sans Pompon, c'est comme Tintin sans Milou ou la Vierge Marie sans le p'tit Jésus. Ce grand espace qui baille sur la jument manquante, préposée au tombereau pour le ramassage des déchets et au corbillard pour les enterrements, suggère à lui seul la gravité de la situation. Ce matin la brassée de foin apportée comme tous les jours dans la grange, a fait un flop sur le sol sans qu'une puissante mâchoire s'en saisisse. On ne peut que s'imaginer la honte du garde champêtre qui a pu égarer sa jument comme on perd un mouchoir ! Qui va croire qu'il n'y est pour rien ?

Sous la casquette de l'éminent représentant de la commune, la moustache s'est fanée comme un bouquet sans eau. Le chagrin a remplacé la gaillardise. Plus d'allant, rien qu'une mollesse attendrissante qui rappelle d'autres défaites, comme celles que connaît parfois le père Mocquet certains soirs du 14 juillet. Préposé au lancement des fusées et à l'allumage des feux de Bengale, c'est lui en effet qui, chaque année provoque les ooh les aah, puis les oh-la-belle-bleue, oh-la-belle-rouge de la foule venue assister au feu d'artifice ! Magicien de la soirée si le soleil s'est imposé dans la journée, le garde champêtre doit mener une rude bataille contre l'humidité ambiante en cas de pluie. Ces soirs-là le suspense est intense : Cette fusée-là, partira partira pas ? Ce feu de Bengale fera-t-il un pchit plein d'étincelles ou un pffft pitoyable et mouillé ? En cas de pffft répétés, le préposé aux turbulences de la poudre doit essuyer les boooh de la foule déçue, qui, ne pouvant rien contre le ciel, s'en prend naturellement à l'allumeur. La perte de la jument communale rappelle-t-elle au garde champêtre ces moments de déboire ? Aujourd'hui, ni ciel pisseur, ni odeur de poudre mouillée, mais un père Moquet, touillant misérablement avec un bâton un peu de crottin sec, comme s'il voulait, par cercles concentriques et marmonnements, faire réapparaître sa compagne à quatre pattes. Le vieil homme chagriné nous fait vraiment de la peine. Il réactive notre courage pour nous plonger à nouveau dans les planplanplan, petits coups secs et légers à la porte de notre cœur. Brouillard du mystère.

Et nous voici, Camille et moi, vaillants apprentis du tambour et de l'enquête, partis de nouveau pour arpenter les rues et sonder les artères, malgré le froid qui ne veut pas fléchir. Rien n'échappe à nos investigations, appentis, granges, hangars, tout ce qui, logiquement peut contenir une jument. De temps en temps nous stoppons notre marche fouineuse pour sonder les bruits environnants. Quelques hennissements insolites viendraient-ils s'ajouter aux habituels aboiements, miaulements, caquetages et grognements du village ? Non, pas de voix pomponesque venant se mêler à la chorale animalière pour soulager notre inquiétude. La suite de nos efforts n'aboutit qu'à un mélange d'essoufflements, d'espoirs tronqués, d'empâtement de nos cerveaux. Notre volonté pas loin du patatrac, nous sommes tout près de l'abandon. Assis sur le demi-mur près de l'église, nous marmonnons déjà une prière à saint Antoine de Padoue, patron des oublieux et des étourdis. Sous son anneau de lumière saurait-il entendre la quête de deux enfants et d'un garde champêtre à la recherche d'une jument perdue ?

C'est dans ce moment d'égarement frôlant d'une aile le tragique, que la porte latérale de l'église s'ouvre avec fracas, pour laisser passer la Germaine Guignard. Au petit bal de l'attention, nos cerveaux s'allument. À cette heure-ci pas d'office, curé et bon Dieu sont au repos. Germaine Guignard aurait-elle été saisie d'un manque aigu de recueillement et de prière qui l'aura transportée sur les bancs de l'église ? Pourtant son visage n'offre pas l'image habituelle du sublime qu'elle se donne quand elle les quitte. Elle paraît affolée.

Elle ne prend même pas le temps de faire fonctionner son regard à cent quatre-vingts degrés pour satisfaire sa légendaire curiosité ! Escalier descendu quatre à quatre, regard sur les chaussures pour éviter ce qu'elle ne veut pas voir, la voilà courant dans la rue pour rentrer chez elle comme si le diable lui avait fait un clin d'œil.

Driiiing, encore la voix de mon grand-père. Il y a dissonance dans le comportement de l'inégalable paroissienne, son air ne convient pas. Signe d'alerte maximal à Camille, nous nous précipitons dans l'habitat divin.

Pompon est dans l'allée centrale. Pas possible de faire son signe de croix en direction de l'autel sans rencontrer son arrière-train. À défaut de brouter sa pitance, la jument renifle les odeurs d'encens. Malgré le bruit de nos semelles sur les carreaux de l'église, c'est à peine si elle détourne la tête. Faut-il croire à un nouveau miracle ? Avec la fatigue, nos esprits embrumés imaginent déjà la commune de La Mothe-Achard, nouveau lieu de pèlerinage pour venir prier saint Pompon.

La vérité que nous découvrirons plus tard est tout autre. Cette nuit, veille du premier avril, quelques ombres furtives se sont introduites dans l'écurie de la jument pour la conduire dans le transept de l'église. Et ce matin, accaparé par la recherche de sa compagne de travail à quatre pattes, le garde champêtre n'a pas rempli son rôle habituel de distributeur de blagues et de fausses nouvelles. Bien au contraire. En ce jour sanctifié par les accrocheurs de poissons dans l'dos, le père Moquet se retrouve bêtement fagoté dans un costume qui lui est peu familier, celui de l'arroseur arrosé.

Il

tresse des idées
pour tisser nos chances
de savoir y faire avec l'ennui
compte avec nous
les minutes les secondes
qui s'allongent
quand on attend.

LES BRUITS MONTENT

Mon dernier rêve vient de prendre la fuite. La lumière qui filtre à travers les volets est toute claire. Je pourrais me tremper dans son eau.

J'aime le matin. Chacune de ses gouttes est une promesse. Je les remplis de mes envies : manger, courir, sauter, rire, jouer. Je mets tous ces verbes à la première personne du singulier dès que je pose le pied par terre. C'est plus tard qu'ils se mettent au pluriel, quand je retrouve mes copains. Manger, lui reste seul, même si tartine et café au lait sont mes fidèles compagnons de la première heure. Rien qu'à penser à eux, j'ai déjà faim.

On dit que les bruits montent à l'étage, les pas-de-bruit aussi. Chez nous, au réveil, si vous tendez l'oreille, le silence d'en bas peut vous envelopper tout entier. Vous restez là, immobile. Bouger une jambe, un pied, la tête, le moindre frottement sur l'oreiller ou le drap, et l'effet sonore vous privera des premiers frémissements de la maison. C'est le rien qu'on écoute. C'est le dérangement du rien qu'on attend.

Mes sœurs dorment toutes les trois dans un grand lit. Je dors seul dans le mien. L'avantage d'être un garçon. Notre petit frère n'a pas encore quitté le berceau dans la chambre des parents. Le risque immédiat vient donc du grand lit, car si l'une des filles se réveille, elle peut déranger les autres. Aussitôt, c'est le branle-bas de combat. Gros risque de chamailleries matinales ! L'oreille aux aguets, briefing de mes cellules prêtes à s'agiter, je me tiens tranquille. Comme la vigie cramponnée à sa mâture, je serre mon drap encore tiède. Ce sont les bruits que je guette pour lancer mon signal. Mais pas question que je crie Terre Terre pour réveiller mes sœurs. L'appel sera discret et mystérieux. Il n'appartient qu'à moi.

Le silence a du poids. Il semble s'être arrangé avec les ombres qui s'allongent dans la chambre pour peser sur mes jambes. Je risque le déplacement sous la couverture. Le genou se déploie avec la lenteur du gastéropode vieillissant. Le mollet suit le petit coussin d'air créé par l'espace laissé entre le drap et la peau. Il n'y a que le pied qui frotte son petit bout d'étoffe. Ça fait juste pfuitt, énergie et pondération, le plus et le moins ensemble pour une discrétion maximale. Pas de quoi contrarier les rêves de mes sœurs qui ronronnent doucement.

Cependant mon self-contrôle a ses limites et les déplacements de jambes sous édredon ne sont pas loin de ressembler à l'échauffement avant match du footballeur. Les nerfs s'agacent d'être engoncés dans ce monde de lenteur. Ils cherchent à s'émanciper. Mes bras sont aussi en phase de repositionnement quand j'entends le premier bruit de pied de chaise au rez-de-chaussée. Oh, je connais ma mère, elle a dû regretter sa maladresse. Pressée dans la préparation de son petit-déjeuner, sans doute a-t-elle eu un mouvement parasite qui a provoqué ce grincement de siège en bois. Depuis mon lit j'imagine le froncement de sourcils, la crispation de la bouche et le monologue intérieur avec son lot de reproches pour elle-même.

Duel silencieux ! Affrontement de l'immobile ! Le petit moment de transition que notre mère s'accorde entre son réveil et le nôtre est son domaine intime où, telle l'abeille sortie de sa ruche, elle butine sereinement les fleurs de la tranquillité. Dans cette parenthèse qu'elle s'accorde, elle peut doucement glisser sur la pente qui l'amènera de ses rêves de femme à son rôle de mère-de-cinq- enfants-avec-mari-boulanger-absent. Or, une des caractéristiques de la troupe d'enfants qu'elle va devoir mener tout à l'heure est la méconnaissance de ses besoins, quand les leurs sont pressants. Je connais ces recoins de son âme car j'ai appris très tôt à reconnaître ses conflits intérieurs, qui lui valent colères et découragements.

S'ensuit le périmètre de la pause où je vais devoir lutter contre mon impatience pour bénéficier d'une mère aimante dans les premiers moments de la journée, toute versée dans l'accomplissement souriant de son devoir. Je me repositionne donc dans mon lit, afin de lui laisser son quart d'heure de tranquillité, et qu'elle puisse continuer à se balader dans son jardin secret en prenant son petit-déjeuner. Dans ma tête je règle mon projecteur pour visionner le scénario de son repas image par image.

Le bol s'est assuré sa place sur la table. La grande cuillère le suit de près. Glong et gling. Ces deux-là sont inséparables jusqu'au réchauffement du lait dans la casserole. Glissement réservé de la serviette de table qui sait depuis toujours qu'il ne faut pas les déranger. Cette hiérarchie dans le placement des objets du matin rassure notre mère. Cet ordre qu'elle perpétue à pas glissés, forme autour d'elle le socle solide, tangible, sur lequel elle va construire sa journée. Les soucis, dont le caractère principal est d'être inattendus et fourbes, ont besoin d'être encadrés. Tout à l'heure, si le baromètre de son humeur affiche beau temps ou tout au moins variable, je pourrai m'y associer car elle m'aura autorisé à me lever. Mais pour le moment, l'image qui s'affiche dans ma tête est celle du grand couteau qui tranche le pain de quatre, le meilleur pour les tartines grillées.

Moment de forte intensité. La faim me grattouille le ventre. Mon estomac implore le remplissage. Je dois m'extraire de l'odeur qui vient titiller mes narines avec malice. Le diable commence donc sa journée de bonne heure ? Je dois le chasser d'un détournement de pensée. Mais quelle nourriture mentale pour rivaliser avec le pain grillé qui craque sous la dent ? Mon esprit s'embrouille, mon corps s'agite sous son tapis de chaleur tiède. Je tire un bout de drap, comme pour hisser le drapeau blanc, quand...badabang! bruit caractéristique d'une casserole qui choit, ma mère a transigé avec le port de l'ustensile! J'imagine son air catastrophé: fin prématurée de son espace intime? le bruit a dû réveiller toute la maisonnée! Le scénario qui suit est empreint de ce silence lié aux gestes suspendus, à la respiration retenue de l'héroïne maladroite. À l'étage, j'ai moi-même le cœur qui se prend pour le tambour major. Dans un presque-grincement de cervicales, ma tête se tourne vers le lit de mes sœurs. Mouvement ample et de franche harmonie, elles se retournent ensemble sans se déranger! Temps mort comme au basket. Le personnage d'en bas revoit son texte. Moi dans mon haut je peux m'étirer.

Au vu de l'incident, je me dois d'accorder à notre mère une seconde mi-temps, où je vais égrener les minutes comme un chapelet. Prière à Sainte Impassible? On dit aussi patience d'ange. Il ne me reste plus qu'à m'imaginer des accessoires à plumes. Contraste avec l'école, je vais devoir rêvasser, m'abstraire du tableau. La réussite de mon passage au rez-de-chaussée est à ce prix.

Sur le mur de la chambre, la lumière du jour progresse. Mon œil s'y plonge, s'exerce à détailler les dessins qu'elle improvise, calcule les terrains conquis sur l'obscurité. Je m'imagine, ramenant dans mon camp un éclat lumineux, après avoir zigzagué entre les ombres, adversaires de ma course, comme au jeu du drapeau. Mais stop. Mes jambes recommencent à gigoter sous les draps. Ma course imaginaire m'a donné chaud. Puis j'entends ma mère qui range son bol. Enfin c'est l'essuyage de bouche que je n'entends pas mais que je devine. Les derniers signaux tant espérés pour entamer la phase libératrice, celle de l'index frappeur qui, malgré son évocation guerrière se prépare dans la douceur. Le doigt se plie pour faire un angle aigu qui fait ressortir l'os. Toctoc sur le plancher, on ébruite son envie de se lever avec légèreté. Pour ne pas déranger. En bas on fait la sourde oreille. Re-toctoc un peu plus appuyé, pour souligner l'intention. Pas de réponse. Surtout ne pas être désobligeant, donc temps d'arrêt. Puis le majeur et l'annulaire prennent position à côté de l'index. Ensemble ils assènent un coup sourd mais déterminé. Fini les fioritures, ma mère doit comprendre que je n'en peux plus de rester dans le lit. Le risque principal étant que je réveille mes trois sœurs, généralement elle cède.

Mais aujourd'hui, au coup donné sur le plancher, répond un autre coup, porté celui-ci à la porte d'entrée. Ma mère n'a pas bougé. On insiste. Petits pas hésitants, tour de clé dans la serrure, elle finit par ouvrir. Sur le seuil, on s'ébroue, on essuie ses chaussures, on s'excuse timidement auprès de la dame qui, sur un ton mêlant surprise et indécision, vous prie d'entrer. Temps de latence où les pas des deux protagonistes disent leur embarras dans leur langage de pas. Puis la voix du visiteur s'affranchit. C'est une voix d'homme qui résonne. Je ne la reconnais pas. Qui peut bien rendre visite à notre mère à cette heure matinale ? Je passe rapidement en revue les voix masculines qui me sont familières. Le père Moquet, le garde champêtre ? Le ton ne correspond pas. Le bonhomme ne peut s'empêcher de rire des blagues et des ragots qui lui remplissent la bouche. Le seul jour où il sait garder son sérieux est celui du premier avril, où il va de porte en porte distribuer des fausses nouvelles. Un de mes oncles ? Ce serait étonnant. Ce sont plutôt des visiteurs du soir. Et puis leur venue se reconnaît au bruit qui les précède, celui de leur voiture. Le frère directeur de l'école ? Sa voix est empâtée par son discours moral et ecclésiastique.

Celle que j'entends est naturellement posée, vibrante. Les propos ne sont pas audibles mais ils traduisent assez vite un bien-être partagé autour d'une tasse de café que notre mère vient d'offrir à l'inconnu.

Obligé de rester au lit, je compense ma contrariété par une activation de mon cerveau pour résoudre cette intrigue. Le risque de bouillonnement ne concernant que la tête, j'en oublie de bouger. Il s'agit bien de trouver l'accord possible entre les vibrations de cette voix d'en bas et un visage connu. Comme au cinéma, image et son doivent s'accorder. Si on reconnait l'un, on peut trouver l'autre. Gommage mental de l'environnement, concentration, supputations, hypothèses : Sherlock Holmes a-t-il su un jour résoudre une énigme en restant couché ? Mon cerveau patine. Les visages se succèdent, sans que je trouve le propriétaire de la voix.

Et puis c'est un petit signe qui arrive je ne sais d'où. La mémoire est un pays étrange, fait de coins et de recoins. La mienne, toute jeune qu'elle soit est ainsi faite. C'est du buisson de ma mémoire que je reconnais cet indice, en écartant les épines de la peur. Je pense au bonhomme que j'avais fabriqué l'autre jour, avec de la pâte à pain rapportée par mon père. Quand je l'avais montré à ma mère, elle m'avait dit : « il a une drôle de tête et son bras droit est tout maigre par rapport à l'autre. » Pas facile de modeler une absence de bras, de l'air qui flotte dans une manche. Car c'est lui le porteur de journaux...manchot qui m'avait inspiré ce jour-là. Une ou deux fois par semaine il déposait chez nous le journal local commandé par notre père. Son passage était bref et discret ponctué par un bonjour-la-compagnie et la pose furtive du journal sur la table de la cuisine. Je craignais toujours de faire partie de la compagnie, les yeux fixés sur cette manche qui ne contenait que du vide. Car je ne pouvais pas empêcher mon imaginaire d'enfant de s'engouffrer dans le tissu instable qui recouvrait ce rien. D'ailleurs, quelle sorte d'homme pouvait ainsi perdre son bras ?

Je dois donc me rendre à l'évidence : ce matin, le distributeur de journaux, manchot de son état, objet de mes fantasmes et de ma peur, est entré de bonne heure chez nous, s'est installé dans la cuisine à boire un café, et il discute avec ma mère. Plus besoin de m'obliger à rester dans mon lit. Enfoui sous les couvertures, je passe en revue les personnages de contes qui, attifé des pires anomalies corporelles, passent la majeure partie de leur temps maudit à se gorger des angoisses enfantines. Le doux ronron du sommeil de mes sœurs ne me rassure pas : filles occasionnelles de l'ogre dans Le petit Poucet elles feraient tout à fait l'affaire pour subir ses pulsions vengeresses et j'ai beau ausculter mes pieds : pas de bottes de sept lieues ! Et tandis que je trampouille dans mes fantasmes de mauvais sort, un élément sonore vient se glisser dans l'histoire réelle. Un coup de balai donné d'en bas contre le plafond vient s'associer à l'armée de frayeurs qui chahutent sous mon crâne. Puis, le « tu peux te lever », d'habitude libérateur est dit d'une voix suave par ma mère. Suave, qui a une douceur délicieuse, dit Le Petit Larousse. Sauf que je ne peux même pas en profiter. Elle insiste. Nouveau coup de balai : « viens, y'a une surprise pour toi. »

Comment résister à cet appel ? Ça ne peut être qu'une bonne nouvelle. On ne dit pas, viens y'a une mauvaise surprise pour toi. J'entame aussitôt une bagarre intime avec ma peur du distributeur de journaux. Je réfléchis aux stratégies pour orienter mon regard ailleurs que sur la manche de sa veste. Étant d'un naturel rêveur, j'ai déjà quelques expériences pour marcher le nez en l'air. Je pourrais ainsi éviter le choc émotionnel dû à son absence de bras. Mais ce qui, me pousse hors de mon lit, c'est que si je refuse la proposition, je donne à note mère-gendarme l'argument pour des refus ultérieurs.

Alors mon corps glisse dans les chaussons sans le saut d'usage, et glisse mollement sur le plancher. Descente de l'escalier en temporisant au maximum pour décourager l'intrus. Pose à mi-parcours et regard spontané sur l'environnement cuisine. Puis baisse du menton pour ajuster la mire et éviter de poser les yeux sur la manche vide. Enfin, arrêt obligé après trois pas : mes jambes refusent d'avancer vers le tenant de mes angoisses matinales.

La suite tient du prodige :

« Bonjour mon p'tit gars » dit l'hôte insolite.

Je ne bouge pas d'un pouce.

Le « comment vas-tu ? » s'adresse à une statue de pierre déguisée en moi.

Puis, « je sais que tu aimes bien lire. »

Je bouge deux orteils et le petit doigt d'une main.

Enfin le sésame : « regarde, c'est pour toi. »

Au bout du bras unique, je vois deux numéros de Blek-le Roc, un de Kit Carson, et un de Nano Nanette.

« Ce sont des invendus » dit le porteur de journaux, devenu en une poignée de secondes un concentré d'Hercule, de l'Abbé Pierre et de la fée Mélusine.

Un bouquet de bandes dessinées comme un lapin sorti du chapeau du magicien !

Cet homme n'a ni chapeau ni baguette magique, juste une attention généreuse à un petit bonhomme comme moi dans une famille pas très riche.

Depuis ce jour-là, je regarde les adultes avec une attention particulière. J'observe ce qui leur manque : un doigt, un bout d'oreille, quelques billets dans le porte-monnaie ? Leur générosité est souvent là. Alors je me demande : pour avoir beaucoup de cœur, faut-il qu'il manque quelque chose ?

Il

parle sans mot
modèle notre patience
guide notre vigilance
joue avec nos soupirs.

LES COUSINES

Il y a des jours qui ressemblent aux autres jours et pourtant, c'est vraiment pas pareil.

On est samedi et comme chaque samedi, je suis en mission. Envoyé comme aide de camp par ma mère au café pour ramener mon père à la maison. Entendons-nous bien, quand je dis ramener, ce n'est pas dans une brouette comme un pochard. Et puis d'abord je ne pourrais pas, je suis bien trop petit. Non, ramener mon père du café le samedi c'est le convaincre de la primauté des valeurs familiales sur la volupté du jeu de belote, réajuster sa conscience de père et d'époux sans le piquer. En somme, le ramener à la réalité de son devoir avec le doigté d'une couturière en plein essayage.

Que mon père aille au café faire sa partie de cartes à la fin de la semaine, bon, ma mère est d'accord. Il faut bien qu'il se distraie. Par contre, il y a un malentendu sur la durée. Ma mère serait plutôt pour la partie-éclair. Elle ramènerait volontiers le jeu de cartes à sa portion congrue, les as les rois les dames les valets à la rigueur, mais après, toute cette bigaille qui ne sert à rien… Mon père au contraire est pour la partie élastique, avec première-revanche-et belle, il dit ça à toute vitesse, ça impressionne.

Mais ma mère n'est pas dupe, elle décompose et rajoute le temps de l'après qui consiste dans des discussions interminables sur ce qu'untel aurait pu jouer, qu'il aurait fallu faire un appel sur le premier tour, ne pas jouer atout sur le second, enfin tous ces concepts de la belote, science ô combien hasardeuse et qui se doivent d'être accompagnés de quelques verres de vin afin de fluidifier le propos : « ici c'est un débit de boissons, c'est pas le patronage ! », aime ainsi préciser le patron du bistrot. Ce à quoi Dédé répond invariablement : « ça, vu le poil que t'as aux jambes, on risque pas de te prendre pour la monitrice. »

Dédé c'est le meilleur copain de mon père, mais pas celui de ma mère qui dit qu'il a tous les défauts, fumeur, buveur et coureur en plus. Et les défauts, ma mère croit que ça s'attrape comme les microbes. Et pour ça, il n'y a pas de médicament, aussi secoue-t-elle le paletot de mon père quand il revient de sa partie de cartes.

Le café s'appelle Chez Tintin. Les halles font-elles de l'ombre à l'établissement plus que les autres jours ? Même avec les volets ouverts, le bistrot a aujourd'hui des allures de conspirateur. Quand j'en franchis le seuil usé, les conversations se font menues menues et agitées comme des souris. D'habitude, mon arrivée est accueillie joyeusement, je suis le p'tit gars du samedi. Au milieu des vieilles tables, ma jeunesse apporte un peu de fraîcheur.

Mais aujourd'hui on m'a regardé plus longtemps et avec un air fâché, les têtes ont plongé derrière les cartes, comme pour retrouver la concentration nécessaire au jeu que mon entrée aurait perturbée. J'ai pourtant pris la peine de m'essuyer les pieds comme me l'a recommandé mon père et lancé un Bonjour m'sieu-dame, même s'il n'y a pas de dame, comme ça, t'es sûr de vexer personne, m'a dit ma mère qui ne risque pas de s'essuyer les pieds puisqu'elle n'a jamais franchi la porte du café. Quelques mots suspendus à hauteur raisonnable, je crois entendre un b' jour mon p'tit gars, mais lourd, sans allant, décroché avec peine. C'est qu'aujourd'hui je suis en avance sur l'horaire !

Le masque de probité que je m'étais évertué à ajuster sur mon visage a sûrement glissé, mes ailes d'ange ont dû rayer et faire grincer le parquet. Et puis je le sens bien, je suis plus rouge que d'habitude, je peine à ajuster mon souffle sur les raisons qui s'imposent. Il y a aussi mon cœur qui, telle la grenouille, voudrait bondir hors de ma poitrine et atterrir sur les genoux du père Antoine qui, comme chaque samedi, a rapproché sa chaise de la table qu'il vénère, celle des joueurs de belote. Mon père en me voyant si tôt a carrément froncé les sourcils.

Ce froncer de sourcils me déroute, ma mission a du plomb dans l'aile, il va falloir que je convoque tous mes généraux intérieurs, sortir les cartes d'état-major, cacher le drapeau de la délégation maternelle qui pointe dangereusement son nez. Pour le moment, je rougis encore un peu plus, tente désespérément de trouver l'équilibre propice à la plus parfaite décontraction, danse d'un pied sur l'autre et ne peux m'empêcher de scruter les plinthes qui brillent et sentent la cire, à la recherche du moindre petit trou, pour m'y cacher comme une souris. Décidément c'est une obsession.

Comme chaque samedi ma mère a regardé l'heure pour la première fois quand la pendule a sonné midi. Elle a fait une remontée de buste pour intégrer physiquement son devoir d'épouse qui consiste en l'occurrence à contrôler son impatience pour ne pas contrarier le plaisir pré-dominical de son mari. Puis elle a pensé très fort à la mère Robichon, cette vieille bique, qui dit : « pour que les enfants soient à la droite du père comme sont les anges avec le bon Dieu, encore faut-i que le père soit à la maison. »

Donc ma mère tenait bon quand tout a déraillé !

Dans ma tête je revois son visage : encore plus grimaçant que lorsqu'elle plie sous les réflexions désobligeantes de la voisine, c'est un brouillon de visage, tout bouchonné, vite fait-mal fait, rempli de peur.

Le premier cri de ma mère est venu après celui poussé par une de mes deux sœurs jumelles qui a renversé sa chaise en voulant monter dessus. Ma mère en a poussé un deuxième aussitôt, avant d'en retenir une centaine d'autres pour me dire à tue-tête : « cours vite chercher ton père. » Je me suis précipité dans la rue et ma mère a lâché sa centaine de cris. Solange, ma sœur aînée, avait couru dans la souillarde pour attraper le balai.

Maintenant, en mission *Chez Tintin*, je m'applique pour retrouver mon calme, accroché au dossier de la chaise de mon père, comme à la barre fixe. Je ne vais quand même pas lui faire le cochon-pendu. Je me contente d'un premier soupir. C'est dans nos conventions, l'expression du : je suis ici derrière toi, dans l'ombre de ta chaise, c'est bon, je vais me faire tout petit. Tout à l'heure, je lâcherai un second soupir aussi bref, marquant de nouveau ma présence avec discrétion, une sorte de rappel, le troisième ponctuant normalement la fin de la deuxième partie de cartes.

Mais aujourd'hui le troisième soupir s'est éjecté avant la fin de la première partie !

Je relâche aussitôt ma pression sur le dossier de chaise, j'en caresse les contours pour me communiquer ses rondeurs magnanimes et apaisantes, j'essaie tant bien que mal de me distraire en essayant de déchiffrer les grands titres du journal posé sur la table délaissée par le père Antoine. Mais c'est comme quand j'essaie de rester sous l'eau dans la cuvette, je retiens mon souffle, je le retiens, je le retiens et puis tout à coup j'explose. C'est ce qui vient de se passer. Pas une explosion mais un long, très long soupir.

Normalement, le très long soupir, c'est le signal de fin, le signe extérieur de ma patience qui arrive au bout de son long périple de patience mise à l'épreuve dans un bistrot enfumé et comme dit ma tante Marie, fâchée depuis tout le temps avec le genre masculin et les lieux de perdition qui vont avec… qui sentent la sueur et la vinasse.

Mais de nouveau, les images de la maisonnée dans le chaos se sont imposées à moi, mon appréhension a lâché sa bobine, mon cœur a recommencé ses effets, et j'ai perdu ainsi la progression de soupirs dus à mon père pour lui rappeler qu'il habite toujours à la maison et qu'il va falloir qu'il y retourne.

Mon père ne comprend pas, il y a du brouillage dans le codage. Alors il feint, il ignore. Tout au plus sa distribution des cartes révèle une légère disharmonie, la coulée du geste bat un peu de l'aile, mais bon, la tension du jeu retrouve sa virginité, la participation des quatre joueurs sa vigueur, le tout rythmé par un lever de coude assez tonique pour accompagner la montée du verre jusqu'à la bouche, car dans l'intermède, il fait sec et soif. La deuxième partie peut commencer.

Je sens le poids de la défaite peser d'un coup sur mes épaules qui, bien sûr, s'affaissent, tirent mes mains vers le bas, tandis que mes oreilles sont en feu, mêlant ma confusion et ma honte à la panique la plus envahissante sur l'échelle de mes peurs. Ma mère, mes sœurs et mon frère bondissent dans ma tête avec les chaises, tandis que dans mon crâne un officiel à tête de monstre me remet la médaille de la lâcheté et de la poltronnerie. Car, bien sûr, pas question de dire quoi que ce soit à mon père à propos de l'urgence de la situation à la maison.

Ces codes, cette progression dans les soupirs que j'assume chaque samedi derrière la chaise de mon père au bistrot, ont un but d'une grande noblesse et me valent son insondable reconnaissance, celle de protéger sa virilité. En effet, si je lui disais simplement de se dépêcher de rentrer, sûr qu'il s'attirerait une réflexion de ses copains telle que: « Bé Marcel pourquoi qu'tu mets des bretelles à ton pantalon, vu qu'c'est ta femme qui porte la culotte? »

Ces préliminaires, cette élaboration dans mes signes extérieurs d'impatience, permettent à mon père de se préparer, de lancer à la cantonade: bon, mais une dernière alors...

car les autres joueurs sont toujours prêts à engager une nouvelle première-revanche-et-belle qui pourrait pousser jusqu'au milieu de l'après-midi.

De plus, je suis avec attention le déroulement de la rencontre avec ses différents moments : ceux de calme où l'attention des joueurs portée à son paroxysme se teinte de religiosité, d'autres au contraire où on s'énerve, on crie, on vocifère, on manque d'avaler le vin de travers. Pas question de soupirer dans ces moments-là. Mes expirations doivent être stratégiquement bien placées pour exister malgré leur faible intensité et pour mettre en évidence le très long soupir, celui qui vient au bout de mon périple de patience.

Or aujourd'hui tout est faussé, le très long soupir, c'est pour ainsi dire de la marchandise gâchée, puisque mon père a fait comme s'il ne l'avait pas entendu. Que faire alors pour qu'il se rende compte que son fils aujourd'hui est chargée d'une mission exceptionnelle, dont l'urgence mérite toute son attention et une intervention immédiate ?

Je bloque ma respiration, chasse les images catastrophiques qui continuent d'affluer à mon cerveau pour me concentrer sur une solution de sortie de crise. Mon conflit intérieur est entré dans sa phase impérieuse. Je convoque les images de mes héros préférés, Blek le Roc, Kit Carson, capables, avec quelques coups de feu ou lancers de lassos de mettre hors d'état de nuire une horde de bandits. Mais c'est le vide, la page blanche dans l'almanach des solutions.

Puis tout à coup un petit souffle, une lueur. C'est l'annonce faite à Marie, la langue de feu du Saint-Esprit à la Pentecôte. La lumière et la petite idée qui s'y accroche viennent juste après, avec la première inspiration que je vais chercher dans le tréfonds de mon courage en herbe.

Abandonnant la chaise de mon père, faisant un pas en arrière et, cette fois, bien campé sur mes deux jambes, je lâche à toute vitesse et à voix forte, la phrase susceptible de renverser la situation et de faire de mon joueur de belote un père troquant ses plaisirs contre l'étendard de ses devoirs : « Papa faut q'tu viennes tout d'suite, les cousines sont arrivées. »

Mon père écarquille d'abord les yeux comme des persiennes, puis se gratte la tête pour y faire venir la dose de matière grise nécessaire à la compréhension de mon énigme. Ça dure un moment. Enfin il relâche son bras et acquiesce d'un mouvement grave du menton : connexion entre les synapses, il se passe quelque chose à la maison mais il peut réagir sans perdre la face. Le père est fier de son fils. Pour un peu, il me nommerait bien capitaine ici tout de suite, chez Tintin.

Il se lève d'un bond, pose son jeu de cartes, attrape son gilet d'une main, met son autre main sur mon épaule, me conduit jusqu'à la porte et me pousse dans la rue avec un « cours vite et dis à ta mère que j'arrive », rempli d'intensité. Puis il se tourne vers ses copains, et reprenant l'air gaillard qu'il a parfois lorsque je rentre dans le café et que tout le monde rigole, il dit avec un air entendu et un petit clin d'œil : « bon vous savez ce que c'est, je peux pas les faire attendre. »

L'assemblée des joueurs de cartes se fond dans cette connivence, chacun y va de son propre clin d'œil, tous ont bien compris : sûr que les cousines doivent valoir le coup !

Heureusement, je suis le champion du cent mètres ! J'arrive bien avant mon père à la maison. Les cris s'entendent dans la rue. Je pousse la porte un grand coup.

C'est la même scène que lorsque je suis parti : ma mère, mes deux petites sœurs jumelles, grimpées sur des chaises, criant, gesticulant, et ma sœur aînée, le balai à la main, courant dans tous les sens après une demi-douzaine de souris grises qui, dénuées de stratégie collective, fuient comme elles peuvent l'apocalypse à des vitesses époustouflantes, multipliant les faux départs et surtout… essayant les grimpers de chaises pour faire taire celles qui, avec leurs cris, leur percent les oreilles.

Enfin, un autre coup d'épaule dans la porte. Suant et soufflant, mon père entre en scène. Il était temps, on ne pouvait pas faire attendre les cousines plus longtemps.

Il

compose
avec ce qui est dans l'air
réunit les contraires
chasse les déconvenues
met de la douceur
sur les mots trop vifs
quelquefois échoue.

QUAND L'HARMONIE S'ÉCAILLE

« Elle ne remontait pas ses seins, elle remontait son soutien-gorge qui, sans doute, n'était pas à la bonne taille. » C'est ce que me dit ma mère en parlant de la tante Amissi, tante missi, comme nous disions tous à la maison, abrogeant le A pour lui faire perdre de sa superbe.

Ma mère est maintenant une vieille dame qui se tient à mon bras en marchant sur les boulevards de La Roche-Sur-Yon. Nous traversons la brume de l'automne au rythme de ses pas ralentis par l'âge et la fatigue. Allégorie d'un passé enfoui et parfois si proche, les feuilles des platanes tourbillonnent en tombant, évoquant dans leur chute les petites histoires familiales qui tournent dans nos têtes. Les doigts de ma mère se sont crispés sur la toile de mon vêtement de pluie en évoquant cette tante, sœur de ma grand-mère paternelle. Elle pince ses mauvais souvenirs. Cette femme hautaine et orgueilleuse lui reprochait, entre autres, de faire des enfants pour toucher les allocations familiales. Et quand elle disait cela, elle avait ce geste étonnant de soulever sa poitrine avec ses bras, ce qui avait pour effet de redresser son torse et de lui donner de la hauteur, comme si elle voulait paraphraser ses affirmations avec son corps et terrasser la coupable. Ma mère, petite et menue, courait dans la cuisine comme une souris, multipliant les gestes du quotidien pour échapper à ce discours accusateur. Mais la tante continuait à égrener le chapelet de ses reproches, mettant ses pas dans ceux de ma mère, tel le matou chasseur prêt à croquer le petit rongeur.

Cette course dans la cuisine avait sur mes petites sœurs l'effet inverse de ce qu'on aurait pu attendre de fillettes de cinq ans. Plutôt que d'avoir peur, elles attrapaient un fou rire retentissant qui décuplait les remontées de soutien-gorge de la tante missi, s'imaginant qu'elles se moquaient d'elle. Comme le hamster dans sa cage qui, prend de la vitesse en activant sa roue, le rire de mes sœurs s'accélérait à son tour. Plus les seins ballottaient, plus le fou rire gagnait en intensité.

Mais ce jour-là, coup de théâtre ! Détournées de leurs priorités, le rire secouant leurs vessies, les deux fillettes ont fait pipi dans leurs culottes ! Sous les fesses de mes deux sœurs accroupies dans un coin de la pièce, deux petites flaques dans lesquelles baignent le bout de leurs jolies robes à fleurs.

Ma mère est anéantie. Elle qui met un point d'honneur à prouver qu'elle est capable (traduire : capable de s'occuper de cinq enfants, qu'ils soient toujours impeccables dans leurs habits propres, et que tout soit rangé dans la maison), fixe mes deux sœurs avec l'œil défait. Comme elle dira plus tard à mon père « j'en aurais pleuré ! » Pas question pour autant de se laisser aller devant cette tante missi qui, à part critiquer les autres, n'a pas grand-chose à faire. Colère rentrée et gestes brusques, ma mère entreprend aussitôt de faire la toilette de ses filles dans la bassine et de les changer. Manière aussi de signifier à sa visiteuse que son travail de mère de famille nombreuse a autrement plus d'importance que de bavasser avec une vieille rosse !

Entrebâillement discret de la porte. Souris à son tour, la tante missi s'échappe dans la rue.

Ainsi, à peine cueillie par la lumière de la matinée, l'ambiance familiale est fanée. À l'injustice des propos de la tante vis-à-vis de la mère, est venue s'ajouter l'image lamentable de l'incident provoqué par le défaut de rétention des deux filles. « C'est pas possible ! crie l'offensée, comme si à cinq ans elles ne pouvaient pas se retenir ! Et avec leurs plus belles robes,...que je leur avais mises ce matin pour montrer à cette vieille folle... » Invectives, reproches, médisances à travers la pièce. Nous baissons spontanément la tête pour nous protéger des drones de la colère maternelle. Chacune chacun des enfants loin de l'espace à risques, puisant dans les ressources de son âge pour éviter les collisions avec la figure d'autorité. Notre mère secoue l'ambiance, étrille l'atmosphère, et dissuade son environnement des tentatives d'apaisement. Voix veloutées et mines compatissantes sont sans effet. Dans ce genre de situation contrariante, nous avons appris très tôt à développer les glissades, les contournements et les parades en silence. L'air chargé de particules querelleuses doit être traversé avec vigilance. Pour éviter les claques sur le derrière, le moindre déplacement doit répondre à une vraie nécessité, comme celle de se rendre aux cabinets qui sont à l'extérieur : on ne s'y rend pas, on frôle !

En l'absence de calumet de la paix, il faut être inventif. Pour être efficace, chacun, à sa mesure doit choisir l'occupation susceptible de rassurer notre mère sur l'avenir flageolant d'une matinée gâchée. Face à face, nos deux petites sœurs ont exclu *Je te tiens, tu me tiens par la barbichette*, propice à la rigolade. Elles jouent à un jeu de mains en fredonnant une comptine. Les mains sont habiles et sages, les petites aussi. Solange est allée chercher son canevas dont l'usure tient plus de l'abandon que d'un trop-plein d'usage. Ma sœur a horreur du canevas ! Mais elle sait que c'est un exercice rassurant pour notre mère, elle qui aurait tellement aimé faire du canevas chez elle au lieu d'aller garder les vaches ! Quant à moi, j'occupe ma position favorite : sous l'escalier en bois, tapi dans mon tipi, genoux repliés, avec, bien entendu, un illustré entre les mains. Un œil sur texte et images, l'autre qui balaie l'assemblée pour évaluer le poids la situation.

Et voilà qu'on siffle dans la rue…pas n'importe quel sifflet ! Et un pas que nous connaissons bien. Celui de notre père qui rejoint le domicile familial après la débauche. Air frais du dehors et dépôt des pains sur la table en même temps qu'il siffle les dernières notes de *Y'a d'la joie* de Charles Trenet. Notre père sent tout de suite le décalage avec l'ambiance familiale. Notre réponse plus que tiède à l'odeur du pain chaud et à son bonjour-le-p'tit-monde, lui sonne à l'oreille comme un avertissement. D'habitude les jumelles sont les premières à se précipiter au cou de leur père. Elles n'osent pas, continuent leurs jeux. *Zinzin la soupe à l'oseille*, chantent-elles avec un air forcé. La dernière comptine ramenée de la cour de l'école, résonne bizarrement aux oreilles de l'arrivant. Pas de doute, l'ambiance est glacée.

Heureusement, il a de quoi faire plaisir à chacun. À sa femme d'abord, à qui il tend une flûte toute croustillante qu'il fait craquer à son oreille. C'est son cadeau quotidien. Sur les genoux de Solange qui continue à faire semblant de se passionner pour le chemin de son aiguille, il pose le pain sans sel mais encore chaud que lui impose son régime (ma sœur a de l'albumine). Pour mes petites sœurs, notre père est heureux d'avoir créé une rime : « deux brioches dans ma poche. » Joues briochées des deux filles et sourires dans la pièce !

Ombre dans l'ombre du dessous de l'escalier, je suis le dernier servi. Il a une surprise pour moi : enveloppé dans un papier, un bout de pâte à pain crue pour que je joue au boulanger. Je le remercie mais mon sourire gêné-un peu triste est l'élément qui le dissuade de continuer à siffler ou chantonner la chanson de Charles Trenet. Pas de *Quand tu me prends dans tes bras* d'Édith Piaf non plus. Notre mère a les mains serrées sur sa poitrine.

Minute de silence : hommage de cette famille au décès de la gaîté.

Puis glissement du père pour entraîner l'assemblée sur un terrain neutre, les derniers potins du village. Ça commence par les dernières blagues et fausses nouvelles du garde champêtre, puis ce qui fait actuellement les gorges chaudes des citoyens de la commune mothaise : les enrouements du chantre de l'église aux vêpres de dimanche dernier. Il paraît que le Magnificat, commencé par les braillements habituels du préposé à l'animation religieuse, a fini en grognements, gargouillements, raclements et bruits de gorge indéfinissables. Défiant la froideur du public et au grand dam de nos oreilles, notre père mime la scène, imite l'encombrement des psaumes, l'embouteillage latin. Il rajoute la gestuelle. Et au moment précis de l'étranglement du chantre, point final de sa décomposition vocale, notre mère crie : « arrête tes singeries ! »

C'est le funambule déséquilibré en plein ciel, le magicien privé de lapin blanc. Notre comédien amateur encaisse le bide avec ce qu'il peut d'élégance, mais ne peut pas cacher sa déconvenue et son désarroi. Que s'est-il passé pour que sa femme le plaque au sol avec un tel cri ? Passé l'ovale de sa défaite il réfléchit puis aussitôt, fait le lien nécessaire à sa jugeote : du fond de ma cachette, j'ai mimé discrètement les remontées de poitrine de la tante missi. Il fait le rapprochement : imitation du chantre... Gloups ! Le chantre c'est notre oncle Eugène et sa femme c'est tante missi.

Notre père comprend sa bévue : la visite de la tante missi, prévue depuis longue date et qu'il avait oubliée, s'est, comme à chaque fois, mal passée. Alors, rire des bévues du tonton Eugène c'est, pour notre mère, accréditer sa femme-ogresse. Échec à la solidarité conjugale. C'est comme une fournée sans sel : le boulanger file doux. Sans un geste de trop, précis, attentif, comme lorsqu'il met au four, il finit de ranger ses affaires.

Plus tard le temps de l'apaisement propice à l'ouverture des oreilles. Notre mère encore chagrine raconte à son époux les ratages de la matinée : reproches aigus de la tante missi, fou rire de leurs filles, le pipi dans la culotte et les flaques de la honte. Notre père fera preuve d'une parfaite empathie. Un bras sur les épaules de sa tendre, il hoche, il acquiesce, colore autant qu'il peut le ciel de la maison, puis calme, adoucit, met des petits bouchons de ouate dans les plis de peine et de contrariété. Tout ça est clair comme l'eau du ruisseau. On croit entendre le chant des oiseaux. Tel saint François d'Assise, notre père rayonne. Pourvu que les volatiles ne crottent pas sur son lumineux manteau !

Eh bien si ! Les crottes sont les mots qui sortent de sa bouche. Maître en activité motrice dans l'art de l'apaisement, notre sujet l'est moins dans celui de la transaction orale. Pour conclure la séquence tante missiesque qui lui permettrait de s'asseoir dans une chaise après ses dix heures de boulot, il lance un fatidique : bon, tout ça au fond n'est pas bien grave, quand est-ce qu'on mange ? Horreur et catapultage ! Marmaille abasourdie par cette énorme rature de crayon sur le tableau épanoui ! Comment peut-on s'y prendre aussi mal après un déploiement de tact et de justesse ? Instant d'inattention ? Fatigue du médiateur ? La faute est impardonnable. L'épouse se drape aussitôt dans les linges de l'offensée et entend bien y séjourner jusqu'à la fin des temps…

Sur les boulevards de La Roche-sur-Yon, la brume qui nous entourait s'est dissipée comme pour éloigner la part de mystère qui accompagne les souvenirs. Ma mère s'est dégagée de mon bras après que nous avons eu évoqué cet épisode de notre vie de famille. Elle, dans le rappel aigu de sa contrariété et de son humiliation, et moi dans la nostalgie de cette période de mon enfance dont l'évocation me fait sourire.

Peu à peu les images du passé se réapproprient leurs contours. Chacun des acteurs a retrouvé la place qui était la sienne après la gaffe de notre père : celui-ci se rattrape comme il peut pour réintroduire un minimum de fluidité avec sa femme avant le repas. Bruit sobre des casseroles, tintements frais de la louche et de l'écumoire, notre père se démène avec discrétion dans la préparation du déjeuner. Mais pas de signe de sa femme pour augurer une paix possible. Que des tintements énervés de fourchettes et de cuillères et le frôlement crispé des danseurs. Le torchon blanc que saisira notre mère n'évoque aucun signe d'armistice. Cantonnés aux rôles mineurs, les enfants peinés que nous sommes, restons dans la crainte d'un dérapage : notre mère, après cet épisode de femme blessée et désavouée par son mari, peut à tout moment ressortir de ses gonds.

L'épilogue se résume à un glissement de savates jusqu'à la chambre parentale. Notre père épuisé par ses stratégies de réconciliation inefficaces va se coucher plus tôt que d'habitude. Ce soir l'embauche est à minuit. Pas de doute, il aurait pu s'abstenir de rejoindre son oreiller aussitôt après le repas du midi.

Mais quelque chose reste suspendu à l'arbre de ma mémoire : tache ou hachure un peu floue sur laquelle l'œil s'attache et qui gêne sa floraison. Et tandis que ma mère s'isole en marmonnant, je ressens le manque profond que nous avions perçu ce jour-là.

Que faut-il au flocon de neige avant de s'asseoir et se fondre dans le décor de l'hiver ? Que faut-il à la couleur pour finir le tableau ? Et à ce paysage où le soleil se pose ? Que ces décors, tableau, paysage, aient de quoi les accueillir. Chaque toucher cherche ce qui va faire naître sa délicatesse. Pas de cadeau sans la présence du recevoir. Sans grâce la plume qui ne sait où se poser.

En cet après-midi tout gris de notre enfance, le baiser de notre père est resté sur sa bouche. Les lèvres de sa femme sont restées froides et distantes. Pas de bise avant le coucher, ce rituel de tendresse entre nos parents. La poursuite du désaccord pétrissait sa rancune contre le boulanger. Fils et filles, nous partagions sa peine et guettions pour plus tard le lutin de la reconquête.

Il

appelle les vents à la rescousse
ouvre le chemin des livres
pour qu'on y murmure
comment s'y prendre
avec le réel.

UN JEUDI DE L'ASCENSION

Repassage – bonheur – chemise – espoir – père – jeudi – montée – sœur – ciel – congé – pas mauve – renfort – cannes de bambou. Au réveil, ces mots défilent dans ma tête, sans ordre, se bousculant, sans que je sache pourquoi. Je les freine, je les tempère, je les range, ils se dérangent, je les re-range. Mais ça crie, ça se pousse. C'est comme dans les rangs qu'on nous fait faire à la sortie de la classe avant de franchir le portail de l'école. Chacun fait des efforts pour contrôler voix, épaules, pieds, on n'y arrive pas. Le directeur, de guerre lasse doit lâcher la horde, qui s'éparpille aussitôt comme une nuée de sauterelles !

Plan fixe : j'agrippe les mots-sauterelles qui bondissent sous mon crâne, puis je cherche les cousinages.

Repassage et chemise. Facile. Ils sont déjà ensemble quand je descends de la chambre pour déjeuner : ma chemise neuve, droite avec ses bras tout droits sur le dossier d'une chaise, portraits de cow-boys et de chevaux sur un tissu rouge coquelicot... ma mère l'a repassée ! Je me précipite dedans puis devant, derrière, je me tourne me retourne, je veux que tout le monde voit tout. Je suis un paysage du Far West qui danse la valse au milieu de la cuisine !

Bonheur reste tout seul. C'est le mot qui veut pas trop se montrer. Ce grand échalas ferme les rangs comme Henri Poussin dans la scène des Rois Mages à la fête de l'école à Noël : les épaules rentrées dans le cou, la tête au-dessus de tout le monde, il essaie de ne pas se faire remarquer, alors qu'il apporte la plus belle offrande. Mais il faut attendre.

Sans que je comprenne pourquoi, cannes de bambou se collent au mot sœur. Puis Sœur et Renfort se font de l'œil mais ne sont pas encore au diapason : ma sœur boude pour une histoire de crotte de beurre qui est tombée dans son bol... ça fait des yeux dans son café au lait ! Je laisse un espace entre les deux mots. Si Sœur s'apaise (et je sens que j'aurai besoin d'elle) Renfort viendra tout seul à côté. Solange aime bien aider.

Père, Jeudi, Congé. Trois mots jamais ensemble dans le vocabulaire familial d'un ouvrier boulanger. Ils me donnent des frissons de plaisir anticipé. Je ne sais pas le pourquoi de ce Congé de Père un Jeudi, mais puisque les trois mots se prennent par le bras, je ne vais pas les contrarier.

Pas mauve. Négation trompeuse car elle est en quelque sorte le sésame de cette journée. Près de la fenêtre de la cuisine qui donne sur la rue, une sorte de carte postale représentant une bonne femme sous son parapluie, est accrochée au mur. Et la couleur du parapluie indique le temps qu'il va faire dans la journée, le mauve signifiant la pluie. Mais aujourd'hui, pas mauve, un bleu franc au sourire large. Il annonce une journée vive et pleine de couleurs. Tout peut arriver.

Ciel. Un mot qui appelle tout droit vers les hauteurs. Dans mon jeu d'association, Père et Sœur s'étaient approchés puis avaient pris de la distance. Repassage, avec l'aide de ma mère s'était vite imposé auprès de Chemise. Puis Montée est venue, a fait la roue et s'est collée à Ciel. S'agit-il de cette montée au ciel dont le curé nous parle tant au catéchisme ? dont on peut même dire qu'il nous rabat les oreilles ? D'un mouvement d'humeur païenne, j'écarte cette idée.

Mon cerveau patine encore un moment quand un dernier mot vient du dehors jeter un souffle clair et joyeux dans ce galimatias : Vent. Caché derrière un buisson dans cette forêt d'énigmes, il avait attendu son heure. Or on a besoin de lui, car… sans vent pas de cerf-volant Les mots mis dans l'ordre, tout s'éclaire ! Je peux, d'une phrase, établir le projet de la journée : Mon père, en congé ce jeudi venteux où il ne pleut pas, va nous construire un cerf-volant, promesse faite depuis longtemps !

Le mot bonheur cette fois ose se montrer. Il prend même la tête de la troupe. Papier journal-ficelle-ciseaux-colle sous le bras de mon père, ma sœur sautant sur place à l'idée de participer à l'expédition, moi badant un peu avant de franchir le seuil de la maison : le bonheur chez nous effraie toujours un peu. Avec ses airs vaporeux, ses bras infranchissables, ses mines et ses manières, on a toujours peur de le déranger quand il nous invite. Ma mère surtout, s'essuie longtemps les pieds avant de rentrer de chez lui, craignant ce qui va se passer après. Contre-coup, conséquence, effet boomerang, sont en tête de son dictionnaire moral dès que bonheur montre un coin de sa chemise. Pétrie par les longs exercices de contrition mâchouillés chez les religieuses de son école, ma mère a toujours préféré les chansons tristes de Berthe Silva à *La vie en rose* d'Édith Piaf avec... ce bonheur qui prend sa place! Mais ce matin, l'idée d'avoir un moment tranquille avant que les plus jeunes se lèvent, la presse de nous voir partir. Un énigmatique « Tiens, du papier de couleur pour faire la queue », en tendant à mon père un vieux catalogue de Modes et Travaux accompagné de son sourire, marque son adhérence au projet et l'habillage de son impatience. Mon père béat, ne voit que son sourire. La joie de sa femme l'a toujours fait grimper dans l'air...comme un cerf-volant!

L'arrivée dans le pré le plus proche de la maison, futur théâtre de l'envol, s'accompagne d'un sentiment de crainte sournois qui vient titiller notre bel enthousiasme. La rosée qui envahit l'espace ne va-t-elle pas contrarier le chantier de construction du cerf-volant? Le papier risque de se mouiller. Mais tel Napoléon flattant la moustache de ses grognards la veille de la bataille, mon père nous rassure. Il tient dans sa main la clé de la cabane du propriétaire du pré où nous pourrons, tout à notre aise et au sec, franchir les étapes de la construction : préparation de l'espace de travail, classement des matériaux, planification des éléments, mise en œuvre de la structure, fabrication de l'ensemble, ornementation avant essais et confrontation avec les éléments naturels.

Au franchissement de la première étape nous consacrons une bonne heure. L'espace est contrariant, soumis aux lois de la pagaille. Planches, bouts de bois, ferrailles en tout genre doivent être franchies avant que se dégage dans la trouée obscure du fond de la cabane, la forme vague d'un établi à la stature épaisse. Le nuage de poussière qui se dégage lorsque mon père souffle dessus, crée une ambiance de mystère propice aux intrigues hasardeuses et aux séquences funestes. Le regard de Solange est un mélange d'appréhension et de volonté. Pressentant les difficultés, elle élabore déjà des plans de sauvetage.

Après le temps d'apnée dans le nuage de poussière, soulèvement, enjambées et trébuchements, notre père s'emberlificote dans les premiers essayages et ficelages de bambous. À grand renfort de souffle, repoussant l'angoisse qui vient s'ingérer dans mon ventre, je me tiens coi. Solange vient à la rescousse. Ses gestes sont justes et adroits. Elle me sollicite pour le serrage des nœuds. Doigt pesant sur la ficelle, l'ôtant à son signal pour ne pas le laisser prisonnier dans la boucle.

Pendant ce temps mon père musarde du côté des journaux. Mètre en poche, il évalue les quantités nécessaires à la voilure, pressent le découpage. Dans cette transaction avec la matière, il prend de la hauteur. Rompu aux supputations pour les quantités de farine, il pense chiffres et proportions.

Puis il nous parle de son métier de boulanger : levage, pétrissage, bulles de fermentation (je transpose aussitôt : levage du cerf-volant au cœur des bulles de soleil). La langue de mon père se déplie, se dénoue, retrouve l'agilité qui fait sa réputation dans le bourg de La Mothe-Achard. Notre père est connu comme un blagueur chez les commerçants. Clins d'œil au patron, plaisanteries avec la patronne. Il nous entraîne dans ses histoires de jeunesse : quand il allait danser quelques valses au bal d'à côté pendant que la première fournée levait dans le pétrin. Et cette soirée mémorable où bras-dessus, bras-dessous avec ses copains mitrons aussi éméchés que lui, ils chantaient dans la rue à tue-tête : « c'est nous les gars de la Fariiine ! »

Puis charades, devinettes. Pauvre cheval blanc d'Henri IV encore soumis à notre faire-semblant! Car pour faire plaisir au conteur il faut feindre l'ignorance. Prise dans l'énergie du bavardage, ma sœur me glisse une peau de banane sous les pieds en me proposant de raconter à mon tour: tu sais... l'histoire de Toto qui... Rouge comme une tomate, je la bloque aussitôt par un j'm'en souviens plus. pas question de raconter devant mon père ces histoires scatos de Toto. Et, du ton emphatique de la personne qui veut élever le débat, je ramène l'assistance à la mission qu'elle s'est donnée: envoyer dans l'espace un objet composé d'une voilure offrant résistance au vent, tendue sur une armature portant le nom de cerf-volant, définition trouvée dans mon dictionnaire que j'aime tant (quand je serai grand, je serai orateur ou... garde champêtre)

Message reçu par notre père qui reprend son rôle de leadership. Dans la boulange, ce qui compte c'est le volume, ici c'est la surface. Éloigné des pâtons et du pétrin, ses mains soupèsent, défroissent les journaux pour en extraire la juste quantité. Puis ses yeux s' attardent sur les pages d'un quotidien. Quel titre va-t-il offrir au vent? Les noces d'or des époux Guilbaud ? Concours de pêche dans la rivière de l'Auzance ? Recueillement en chute chez les enfants de chœur ? Beaucoup plus accrocheur !

Vient l'instant du pliage-collage. Notre père bafouille du côté des bords à replier sur la ficelle qui constitue le triangle du cerf-volant. Ma sœur reprend du galon. Lisse le papier d'un pfftt du plat de sa main, sort de sa poche fil et aiguille pour renforcer les angles. Je suis un peu jaloux de l'admiration que sa débrouillardise suscite chez le chef de chantier, mais je soutiens d'une attention sans faille les séquences du montage. Et nimbé d'une auréole de reconnaissance à l'endroit de père et sœur, je leur offre en récompense l'image parfaite du bonheur qui se lit sur mon visage.

Car dans mes pensées, je suis au centre d'une image qui, prenant forme peu à peu, me transporte, et envahit mon être d'une totale et ineffable félicité, comme dit la cousine Odette qui lit beaucoup et fait souvent des manières. Cette image est à la page cinq de mon livre de lecture à l'école. Le titre du texte est : Aujourd'hui jeudi, papa emmène ses enfants Paul et Monique jouer avec le cerf-volant qu'ils ont construit ensemble. Et l'on voit Paul, courir dans un pré en tirant sur la corde d'un cerf-volant déjà haut dans le ciel. Il sourit d'une joie pure, totale, superbe ! Monique et papa sont en retrait et, bien sûr, sourient aussi. Et loin de jeter une ombre sur l'image, l'absence de la mère accentue le sentiment d'harmonie : maman à la maison pendant que papa joue dehors avec les plus grands c'est la garantie que l'équilibre familial est solidement ancré. Le soleil brille sur la page et dans le cœur des enfants qui, comme nous maintenant, vivent une aventure sublime avec leur père.

J'ai donc le sourire de Paul sur la bouche. Qui pourrait me l'ôter ? Dans cette ultime phase où l'objet volant doit être soumis aux mouvements de l'atmosphère, on me rassure : solidité et maintien, appelés à la barre sont agréés par notre père, expert en robustesse. J'ai pu aussi participer à l'élaboration de la queue. Le Modes et Travaux de notre mère a été soumis aux lois de la destruction, mais pour une cause noble, celle de la couleur dans le ciel. Les pages ont été soigneusement déchirées dans le sens de la largeur, puis pincées au milieu avant d'être nouées au bout de corde qui formera la queue. « À la queue leu leu les petits papillons de couleur ! » dit

Solange, prise d'un soudain élan de tendresse et de poésie.

Le transport du cerf-volant à l'extérieur de la cabane, évoque celui de la nitroglycérine dans les usines d'explosifs. Ma sœur tient le corps au niveau de la croix de bambou. Elle marche d'un pas léger et d'une lenteur extrême pour éviter tout soubresaut. Cantonné au soutien de la queue et de la ficelle à dérouler, je mets scrupuleusement mes pas dans les siens. Notre père en tête de cortège, marche à reculons pour nous guider, tout en scrutant l'herbe du pré car le moindre zeste de rosée matinale peut être fatal à la voilure du cerf-volant.

Mais, pendant que nous nous sommes escrimés à l'intérieur de la cabane, le soleil a fait son œuvre de séchage. Le vent, allié indispensable, est doux mais tenace. Dans ces conditions météo maximales, nous atteignons le milieu du pré. C'est l'instant T. Celui de l'expérience après la mise en œuvre de l'objet. Suspens total. Silence dans nos poitrines qui ont cantonné nos souffles à leur niveau abdominal.

Pour la suite j'entends la voix de Robert Lamoureux qui dit: Le samedi matin le canard était toujours vivant! Dans notre histoire à nous ce serait : À midi le cerf-volant était toujours par terre.

Mon père a accumulé les courses à travers le pré, une bonne longueur de ficelle au bout du bras pour que le cerf-volant prenne de la hauteur. La hauteur, le cerf-volant la prend, mais c'est une ascension fugace, ondulatoire, indécise, prompte à s'effacer devant la chute qui, elle, montre du caractère : chute libre porte bien son nom. À défaut de maîtriser la conduite de l'objet, notre père lance des cris au ciel : « Maintenaaant lâchez toouut ! » Pas question de le contredire avec le sens du vent ou autre banalité. Ce cerf-volant doit grimper dans les hauteurs, Point-C'est-Tout. C'est ainsi que le pré se met à ressembler au terrain d'exercice d'un sprinteur de haute renommée, et que nous, les aides de camp, levons la tête pour retenir notre fou rire. Silence aussi des oiseaux. Chez les habitants du ciel, comme ceux de la terre, on a de la tenue.

Au-delà de la tragi-comédie qui se développe sous nos yeux, Solange et moi constatons que notre rôle est peu exaltant puisqu'il consiste à tenir le cerf-volant au bout du bras levé avant que notre père entame sa course. J'apprendrai plus tard qu'il en est ainsi depuis des générations de pères et enfants s'amusant avec ce jouet ascensionnel. Les pères prennent d'emblée la direction des opérations. À eux le savoir-faire. Aux enfants le savoir regarder et s'extasier devant les qualités de course et de lâcher de ficelle au bon moment de leur géniteur !

Ma sœur et moi avons bien du mal à nous extasier. Les cavalcades inefficaces de notre père tendent plutôt maintenant à développer notre empathie. Le voyant ainsi en nage, je pense à l'attelage dans *Le Coche et la Mouche* de La Fontaine, qui suait, soufflait, était rendu. Et plutôt que de chanter à ses oreilles comme la mouche de la fable, je lui tends mon mouchoir pour qu'il s'essuie. Solange, de son côté, le soulage du cerf-volant, objet de son fardeau et de nos désillusions.

Peut-on encore parler de cerf-volant ? Cette surface de papier malmenée, trouée, percluse de coups comme la tête du boxeur à la fin du dernier round, n'est plus qu'une trace d'objet volant que le vent a eu bien du mal à soulever dans les derniers essais. Seule la croix de bambous peut-être… qui peut rappeler celle d'un autre martyrisé… Et bien, le chemin de croix du cerf-volant va s'arrêter là. Tristes et vaincus nous capitulons, déposons les âmes et rentrons chez nous.

Cette histoire mérite-t-elle une morale comme dans les fables de La Fontaine ? À l'impassible nul n'est tenu, pour justifier nos rires ? Qui s'y trotte s'y pique, pour évoquer course et buissons ? Malgré ma déception, je n'ai pas rejeté mon livre de lecture. C'est même à toute vitesse que je suis retourné à la page cinq, pour revivre les aventures sans faille d'un jeudi pas comme les autres.

Beaucoup plus tard, sur la musique heureuse du livre des souvenirs, j'ai composé mes propres textes. Pas de mode mineur, que des notes en mode chance. Les paroles s'y nouent comme des rubans.

- Sous un ciel bleu cerise, père et mère en vacances. Plus de farine blanche, Père n'a plus rien à faire. Mère le soutient dans son repos songeur.

- Mère sur le balcon de sa vie. Écoute ses chagrins sans les retenir. Les laisse rouler devant elle, tout simplement. Se laisse consoler.

- L'océan : ses vagues aux dentelles blanches et les enfants au bord, petits crabes courant sur le sable. Parents dans leur savoir-être, gros crabes maladroits qui aiment et qui hésitent.

- Fête foraine dans le village. Papa maman dans un grand manège . Leurs rires s'attachent à toutes les ficelles que le bonheur leur tend. Grande joie des enfants.

- Cerf-volant géant dans le ciel. Mère et enfants assis sur voilure légère et papier fort, chacun dans la couleur de son choix.

- Mouvement ascendant parfaitement maîtrisé par père-de-tous-les jeudis.

Il

écarte les bras
pour nous accueillir
offre des habits d'arlequin
à tous ceux qu'on aime.

UN PÉPÉ SUR MESURE

Lorsque j'ai fait connaissance avec mon grand-père, il a dû poser la dizaine de choux qu'il venait de couper dans son jardin pour me prendre dans ses bras. La prise de contact a été rapide. Ma mère s'était éloignée. Il a failli me dépoter sur le fruitier au milieu des choux. Cris de ma grand-mère qui savait bien que les bébés ne naissaient pas au milieu de ces crucifères à grandes oreilles. Elle en avait mis quinze au monde. Le seizième naîtrait après moi.

Après ce premier face-à-face ultra rapide, mon grand-père est retourné dans son jardin. C'était un homme très actif : jardinier, facteur, éleveur de lapins et de pigeons, couvreur, chef de tribu, mangeur de crêpes, disputeur avec mémé. On le disait râleur, têtu, rouspéteur, bourru, chopinoteur (porté sur la chopine) et chipoteur. Je le voulais disponible, attentif, drôle et tendre, agile de la langue, raconteur d'histoires. Je l'ai donc inventé.

Ça m'a pris beaucoup de temps. Au milieu de la forêt vierge de défauts qu'on lui prêtait, je n'avais pas grand-chose sur quoi je pouvais m'appuyer. Il m'a fallu atteindre le stade d'enfant marcheur débutant. Tout brinquebalant dans mes premiers essais, attiré par les flammes, je me dirigeais vers la cheminée. Il a lâché la grosse pince dont il se servait pour remuer les braises et m'a agrippé par le bras. J'ai pleuré pour la forme. Il s'est fait enguirlander sur le fond : il aurait pu faire plus doucement. J'ai senti son instinct de veilleur. Je pouvais commencer mon travail de transformation.

Comme tous les enfants, j'ai débuté par le babillage. Ces embrouillaminis de langage, n'ont a priori, pas grand-chose pour attirer un grand-père hyper-actif dans leur sillage. Mais je m'appliquais. Trottant derrière lui dans le grenier où il mettait des pièges à souris, je lui tenais de longs discours en faisant des gestes et en mettant l'intonation. Il se penchait vers moi, me regardait avec l'application digne d'un explorateur découvrant son premier indigène. Puis il essayait en vain de déchiffrer mon message. C'est en essayant de prononcer ses premiers be-ba, mamo-bou, qu'il comprit soudain le plaisir de la langue et le chatoiement des sons. Nous avons commencé à échanger nos partitions. Au grenier les souris prenaient du bon temps. Il ne manquait plus qu'un petit air d'accordéon pour les faire danser.

Plus tard, nous avons modulé nos conversations avec les dispositions de mon âge. Je commençais à bien parler, il nous fallait de l'ambition. Puisqu'il avait accepté de descendre dans les soubassements de la langue, je devais me hisser jusqu'au langage pour interroger notre périmètre commun. Ce fut la période des questions. Pourquoi les nuages bougent ? pourquoi le ciel est bleu ? pourquoi le vent fait du bruit sous la porte ? pourquoi on a deux oreilles et rien qu'un nez ? pourquoi tu portes une moustache ? questions générales, pour s'échauffer et pour tester la patience du locuteur. Ensuite je passais aux questions plus personnelles : Pourquoi mémé dit souvent qu'elle aimerait bien que tu plantes des fleurs plutôt que des patates ? Pourquoi maman trouve que le jeu de palets dans la cave est bien trop près de la barrique ?

Ainsi j'apprendrai peu à peu que l'adjectif personnel accolé à question est souvent suivi de dérangeant. Dans ce cas c'est mon grand-père lui-même qui avait du mal à faire des phrases. Il utilisait beaucoup le bééé prolongé.

Tout enseignement nécessite des moments de détente. Je les voulais dépaysants, fructueux. Ensemble nous avons voyagé bien au-delà de son jardin et des clapiers. Nous avons franchi des montagnes, inventé des torrents, fait courir des ruisseaux et des fleuves, construit des bateaux avec des planches. D'un bout d'histoire à l'autre les aventures ne manquaient pas. Je les puisais dans mes premières lectures. Shérifs, chevaliers ou princes, nous avions le beau rôle, pépé s'y laissait prendre : bandits sans foi ni loi, dragons verruqueux, sorcières hypocrites et trompeuses, rien ne l'arrêtait. Bagarreur, intrépide, toujours prêt au combat, il en pinçait pour les princesses. Un passage obligé dans la peau d'un crapaud ne le rebutait pas.

Il en ressortait chez lui des comportements hasardeux : sauts à pieds joints dans les flaques, improvisation d'une scène d'amour dans Roméo et Juliette avec un poireau et une patate, voyage imaginaire dans la carcasse de voiture au fond du jardin. Des fois ça débordait un peu. Caché derrière la haie, il imitait le cri du cochon pour faire peur à la voisine. Bien installé sur les terres de l'enfance, pépé ne voulait plus rentrer à la maison. Il fallait que je le raisonne.

Convaincu par la perspective d'un retour à nos jeux, il reprenait son ouvrage : nourrir les lapins, bêcher, sarcler, semer, fendre des bûches, allumer le feu dans la cheminée, distribuer le courrier dans la commune. En son absence, j'entretenais l'image du grand-père mythique, bien installé dans son rôle d'adulte avec un cœur d'enfant. Mes parents m'emmenaient voir *Jour de fête* de Jacques Tati et je me promettais de faire rayonner pépé dans l'univers du vélo. À l'américaine ou à la vendéenne, je l'imaginais tamponner ses lettres à l'arrière de la charrette d'Auguste Remaud. Quant au verre de vin en trop qui crée des sinuosités sur la route, nul besoin de le conseiller. Il acceptait toujours, par politesse.

Mais j'allais plus loin. Pour répondre à mon besoin d'une ombre grand-paternelle nourrissante et protectrice, il me fallait l'introduire dans mon théâtre de papier. À ce grand-père j'ai fabriqué une moustache d'un bon mètre de long. Sur la première photo de famille, elle se déroulait largement pour entourer chaque membre de sa grande tribu. Mes sœurs jumelles y riaient à leur aise. Tonton Maurice avait la garantie de l'équilibre sans être tenu par les épaules. Tout le monde souriait, même ma grand-mère. Cette moustache était un don des dieux, elle se déployait comme des ailes. Après le clic de la photo, grand-père s'élevait jusqu'au royaume des ombres. Il portait une lanterne dans la main dont la lumière éclairait les angles. Réussirait-il à percer le secret de la mort ? L'histoire ne le disait pas.

Nous grandissions ensemble. Dans les moments d'assombrissement de nos perspectives, nous échangions des signes de réconfort et d'encouragement. Tiens bon ! disaient nos mains. Je t'écoute ! disaient nos visages. Quand je lui confiais une peine, il en faisait un bateau qu'il poussait loin sur l'océan du réconfort. Quand il me racontait un petit bonheur, je lui en faisais un bonbon, pour qu'il le mette dans sa poche. Il profitait de son parfum plus longtemps.

Chez lui, en compagnie de mémé et de mes oncles et tantes, il redevenait ce qu'il pensait devoir être pour que la maisonnée tourne dans le bons sens. Père grognon, mari querelleur, sa bonne humeur était aussi rare qu'une marguerite dans un chou-fleur. Il fleurissait dans le sens terne, sûr qu'on ne pouvait pas s'amuser avec le rôle ingrat de chef de famille. Chaque matin, il partait faire sa tournée de facteur. L'après-midi il s'apprêtait pour travailler dans le jardin. Ce n'était pas ses habits du dimanche. Mémé disait souvent qu'avec sa casquette, son pantalon trop court, et son vilain paletot, les oiseaux ne risquaient pas d'envahir le jardin ! La partie de ping-pong était engagée, avec absence totale de mots doux. Ce n'était que le premier set. Les smashs étaient redoutés par les enfants. Ainsi mémé aimait les chats. Alors pépé ne les aimait pas. Il ne reconnaissait que leur utilité. Pas question de gâteries ou de caresses. Juste un échange de services. Leur présence et les restes de nourriture contre leur talent pour chasser les rongeurs. S'il en voyait un se dorer au soleil dans son environnement, il lui rappelait son boulot d'un ouste retentissant. Le chat détalait aussitôt, sûr que le pied du grand-père allait, dans la foulée, servir de point d'exclamation.

J'étais un peu dérouté par le comportement de mon élève favori quand il était tout entier dans sa tâche de père à la maison. Je comprenais bien sûr qu'il ne pouvait pas faire l'enfant pour se faire obéir des siens qui ressemblaient souvent à une volée de moineaux dérangés dans un parterre. Mais le personnage était trop éloigné de MON grand-père. J'ai donc ajouté quelques douceurs à son caractère. Puis comme on fait dans les cahiers d'écolier, j'ai écrit des « Bien » dans les marges, là où il retrouvait du style.

Avec ces encouragements, il a eu quelques bonnes réussites dans le domaine où il avait les meilleures dispositions, celui de père et grand-père nourricier. Déjà jardinier, il est ainsi devenu aux yeux de tous, le champion des tartines grillées et le meilleur couvreur de livres scolaires que je connaisse. Les goûters et la rentrée des classes était pour lui ces moments précieux où ses enfants le regardaient avec reconnaissance et affection. À cela il ajouta, un jour de Chandeleur, le titre de plus grand avaleur de crêpes de tout l'ouest traditionnel : vingt au cours d'une seule cérémonie ! Et toutes préparées et cuites par mémé ! Depuis ce jour, dans cette famille, à la Chandeleur, on regarde le ciel, espérant voir un peu d'amour tomber dans la poêle en même temps que la crêpe.

Au pays des changements il fallait un peu plus. J'ai mis sur son chemin quelques bouts de ficelles et ces morceaux de papier d'aluminium qui enveloppaient les tablettes de chocolat. Il croyait assez aux signes du destin pour ne pas négliger ses messages. Il les ramassa d'instinct sans établir de corrélation entre les deux. Le temps passait. Papiers et ficelles grossissaient ses poches. Il fallait un dernier élément pour assembler le tout. Ce fut un détail à quatre pattes.

Ce jour-là notre tante Marie, était venue rendre visite à son frère. Les échanges se faisaient généralement sur le ton de la provocation avant combat, comme à la boxe. Tante Marie était en forme. Elle ruminait déjà quelques contrariétés auxquelles elle allait répondre par une de ces bouillies de mots désagréables dont elle avait le secret. Sa main sur la poignée de la porte était déjà lourde d'animosité. Le coup d'épaule qu'il fallait donner pour que celle de la cuisine s'ouvre fut sec, mais s'écroula à la première seconde où elle rentra dans la pièce. Assis à la table, mon grand-père était seul. Il avait le dernier-né des chats sur les genoux : un adorable chaton à la fourrure grise avec des tons roses dans les oreilles. Il tenait dans la main une boule confectionnée avec du papier aluminium au bout d'une ficelle et l'agitait devant son museau. Un coup dedans, un coup dans le vide. Chaton et grand-père s'amusaient ensemble sur un nuage de candeur.

Quand elle nous a raconté cette scène digne d'un tableau de Michel-Ange, tante Marie nous affirma d'une voix tremblante qu'elle avait bien entendu son frère dire « donne-me ta papatte mon p'tit minou. »

Pépé tendresse venait de mettre un pied dans l'univers gelé de mon grand-père.

Il

change parfois sa voix
pour trouver des accords
rit et pleure avec nous
roule avec les vagues
ramasse des coquillages
qu'on peut mettre à l'oreille
pour se consoler.

« QUE SERA, SERA »

Bruno est notre petit frère. Il a cinq ans. C'est un enfant plein de ressources. Il va, au travers de ce récit, inspirer puis enrichir le vocabulaire familial d'un nouveau terme pour désigner l'indifférence : s'en moquer comme de sa première casquette. Je dirai pourquoi tout à l'heure. Pour le moment, Bruno me tient la main. Nous attendons ensemble l'arrivée de notre oncle Vincent, curé de son état, directeur de colonie de vacances comme tous les ans au mois de juillet. Notre mère se tient à nos côtés, toute droite pour cacher son angoisse de voir son petit garçon de cinq ans partir au bout du monde, c'est-à-dire à Saint-Martin-De-Brem, à douze kilomètres de chez nous. Certes, elle a confiance dans son aîné qui est si tranquille et raisonnable ! Mais la séparation d'avec son presque encore bébé, lui arrache le cœur et le débite en petits morceaux. Chargé des consignes et des bagages, je communique avec Bruno en langage codé mes deux messages principaux : Un, serrage de doigts : tu as intérêt à m'obéir. Deux, relâchement : maintenant va t'amuser et arrête de me suivre… Je sens déjà dans la décontraction de sa main que je vais avoir à faire à rude épreuve. Ce petit garçon fait une confiance absolue dans son grand frère qui saura le diriger et le protéger de toutes les catastrophes. Pendant son séjour de trois semaines au bord de la mer, il va pouvoir mettre sa vigilance toute débutante en pilotage automatique.

Et puisqu'on parle de conduite, voilà celle assez hasardeuse du tonton curé. Sans doute que droite et gauche sont des notions superflues dans l'enfer ou le paradis. N'empêche, sa quatre-chevaux emprunte résolument le milieu de la chaussée. Heureusement que les intervalles entre deux véhicules sont de l'ordre de la demi-heure et que le fourgon du charcutier est passé il y a cinq minutes. Selon un calcul de probabilité, le risque qu'une autre voiture arrive en face est de l'ordre de un pour…je n'essaie même pas de chercher une réponse. Je suis aussi réticent à ce genre de problèmes qu'à ceux des intervalles entre les piquets, de robinets qui fuient, ou de trains qui cherchent à se rattraper.

Surtout, n'abandonnons pas la quatre-chevaux ecclésiastique. Elle s'arrête, un point c'est tout. Et l'oncle descend. Embrassades, mots de retrouvailles, points d'exclamation diversement posés au bout de phrases banales. On exhume quelques regrets par rapport à la saison dernière. On ose parier sur la tenue de beaux jours en ce début d'été. Notre mère n'est pas très rassurée de nous savoir dormir dans des dortoirs en toile. Il fait pas froid au moins ? ose-telle demander, ne voulant pas passer pour une mère poule. Car son frère, dans l'attente de nos vies célestes, entend bien faire des jeunes garçons que nous sommes, de vrais hommes, libérés des contingences qui font trembler les mères. Durs au mal, c'est ce qu'on doit dire des sujets en pantalon. Pas facile d'y croire de la part d'un homme qui lui porte soutane mais bon…

Ni drapeau ni étendard pour ce départ vers l'inconnu des toilettes hâtives, de la cuisine en grands faitouts, et des tâtonnements dans l'habillage. Seulement un petit mouchoir de femme que notre mère agitera tout à l'heure, d'un geste humide et tremblotant. Et le dernier conseil, fruit encore vert de mes préoccupations et plus tard objet de mes cauchemars : tu nous écriras et surtout, qu'il perde pas sa casquette ! Ma mère a bien dit : il, pour la perte à redouter. Le pronom personnel à la troisième personne est passé au-dessus de la tête de mon frère qui, pas une seconde, n'a pu imaginer que cette recommandation s'adressait à lui. Quant à tonton Vincent, tout chargé de ses futures responsabilités de directeur, il passe outre : t'inquiète pas, Jacquy sera là pour surveiller. Et voilà ! C'est ainsi qu'en ce jour de juillet 1957, me voici, sans la cérémonie due aux chevaliers partant en croisade, promu au titre de chevalier de l'Ordre du Couvre-chef avec Visière. Sans génuflexion, ni pose du plat d'une épée sur mon épaule. Bien moins honorifique que chevalier de la Table Ronde. Nulle terre à conquérir, ni Infidèles à débiter sur le billot de la religion unique. Juste mon frère à surveiller pour que casquette et petit garçon soient toujours assemblés dans une parfaite unité.

Chers parents, je m'amuse bien. On se baigne presque tous les jours. Ça donne de l'appétit. Bruno mange comme quatre, c'est ce que dit son moniteur. On dort bien sous la tente, sauf pendant la sieste parce qu'il fait trop chaud. Mardi, j'ai passé beaucoup de temps à chercher la casquette de Bruno. Il se souvenait plus du tout où il l'avait mise. Les autres jours il s'en souvenait un petit peu. C'était facile. Mardi, tout le monde s'y est mis. Tonton Vincent a eu la bonne idée d'organiser un jeu de piste pour retrouver la casquette. Il fallait interroger Bruno pour trouver des indices. Ça l'a fait beaucoup rire. C'est Philippe qui a eu les bonbons. Il a deviné l'endroit parce que Bruno disait souvent : clair, dans ses réponses. Claire, c'est le prénom de la cuisinière. Philippe veut être détective quand il sera plus grand, il a déjà la loupe. On a retrouvé la casquette en bas du chariot qui sert à transporter les plats. Bruno aime beaucoup regarder Claire préparer la cuisine. Il a le droit parce que c'est le plus jeune de la colo. Souvent elle lui donne un petit bout de pain sec à grignoter. Il aime bien ça. Des fois elle met un peu de confiture sur la tartine. Il aime encore mieux ça. Bon je vais m'arrêter d'écrire parce que les copains m'attendent pour jouer au béret. Ils ont fini d'écrire depuis longtemps, ils ont pas grand chose à dire.

Cette lettre est la première adressée à ma famille. On est obligé d'écrire au moins une fois par semaine. Je dis souvent les mêmes choses, qu'on mange bien, qu'on dort bien, qu'il fait beau sauf quand il pleut. Ce qui est beaucoup plus original c'est tout ce que j'ai à dire à propos de la casquette de Bruno qui n'est pas souvent sur sa tête et que je dois chercher. Ça pourrait faire un livre. Le premier chapitre...premiers tourments pour une casquette.

Elle raconte l'incident de jeudi dernier. On faisait une partie de foot. C'est toujours à ça qu'on joue quand on ne sait pas quoi faire. Ceux qui n'aiment pas le foot se plaignent à Fabrice, parce qu'ils s'embêtent. C'est notre moniteur, il n'a pas beaucoup d'autres activités sportives à proposer. Il préfère les jeux de société, surtout le jeu de dames. Ça nous fait rire parce qu'il est séminariste. En tout cas, c'était une sacrée partie! Avec mon équipe, on avait déjà marqué deux buts. J'avais marqué le premier. J'avais dribblé deux joueurs et paf un tir à ras de terre, le goal n'avait rien pu faire. J'adore dribbler, comme mon père que je n'ai jamais vu jouer. Mais lui était gaucher. On le voit sur une photo. C'est son pied gauche qui est sur le ballon.

Et puis tout à coup la partie s'est arrêtée. Une fois, deux fois, trois fois, quelque chose est monté en l'air, et pas la petite bête qui monte qui monte avant que ça chatouille, non. La casquette de Bruno! que ce grand imbécile de Retaillaud lançait de toutes ses forces pour qu'elle aille le plus haut possible. Et les deux autres niais qui étaient avec lui criaient des grands hooh! comme s'ils assistaient au feu d'artifice! Pas d'arbitre sur le terrain mais les deux équipes se sont arrêtées net, quand à la troisième descente de l'objet volant, j'ai plongé dans les jambes de Retaillaud. Les trois nigauds n'ont pas bronché. Trois contre deux équipes de six, ils ne faisaient pas le poids. J'ai aussitôt épousseté la casquette, puis cherché Bruno pour réassembler mes deux sujets de préoccupation. Je l'ai retrouvé dans le petit coin herbeux de la colo. Il faisait pipi dans un trou de grillon, toutes les casquettes du monde projetées en l'air ne l'auraient pas fait rire davantage. Notre mère disait souvent « un rien l'amuse. »

Le titre du second chapitre du livre pourrait bien être: un prêté pour un tendu. Le tendu c'est moi, puissance douze. C'est arrivé le surlendemain de la montée de la casquette dans les airs. Fabrice le moniteur avait réussi à nous convaincre de partager sa passion pour la station assise, puisqu'il faisait bien trop chaud pour courir. Il nous apprenait à jouer au Menteur. Nous étions très pris par le jeu. Passionnant de mentir sans avoir besoin de mettre les mensonges de côté pour le prochain confessionnal. Ça nous faisait adopter des mines empruntées au musée des hypocrites et des conspirateurs. On posait nos fausses cartes, tout rouges, pas de honte mais de chaleur. La sueur nous dégoulinait dans le cou. Je venais juste de ramasser le paquet de cartes qui pénalisait mon dernier mensonge, aussi discret qu'un éléphant dans une baignoire, quand j'ai vu Bruno qui avançait tout souriant vers nous. Content de lui. Moi pas content du tout. Il avait troqué sa casquette contre un bob tout rond tout blanc pour abriter sa tête. A priori, pas de quoi réprimer ce jeu d'échange bob-casquette qu'il avait l'habitude d'avoir avec Patrick, son petit copain de colo. Mais ce qui posait problème aujourd'hui, c'est que le groupe de Patrick était parti en pique-nique pour la journée. Miser sur le retour de la casquette de Bruno en bon état équivalait à miser sur un cheval à trois pattes pour gagner un concours hippique. Patrick était un enfant que l'on disait agité. Bien peu l'appelaient par son prénom. Tout le monde l'appelait Pirouette. On aurait pu aussi bien le surnommer culbute ou cabriole ou galipette. Ses habits subissaient ses glissades sauts et acrobaties sur tous supports, cailloux sable graviers végétaux épineux. J'ai tout de suite imaginé le pire pour la casquette : que Patrick s'essaye au chêne-droit sur les terrains les plus accidentés. Au sourire de mon frère attifé du bob de son copain, je n'ai pu que répondre par crispation faciale, lever de menton coléreux. Le petit bonhomme s'est éloigné de son caporal de frère craignant une réaction épidermique spontanée. Il avait bien raison. Jusqu'à l'arrivée en fin de journée du groupe de Patrick, j'ai rongé mon frein et mon envie de lui botter le derrière.

Le soir, retour des pique-niqueurs et de leur attirail, dont un bout de tissu infâme sur la tête du receleur de casquette. Ce qui faisait le plus de peine, c'était la visière de la coiffure en toile. Initialement rigide pour protéger la personne des rayons du soleil, elle avait pris des allures de corps mou, lascivement offert au bronzage et au farniente. Tentative de Patrick de redonner à la casquette une forme proche de ce qu'elle était dans son souvenir. Pétrissage totalement inutile. La toile coincée sous ses fesses pendant tout le repas sous les pins était maintenant réfractaire à toute pression réparatrice. Bon maintenant ça suffit ! J'arrache la casquette, empoigne le bob et revisse sur chacune des deux têtes le couvre-chef accrédité. Un pfff long et éreinté. Fin de l'épisode soufflée plus que sifflée.

Le temps passe et s'amenuise à la colo, parfois en petits instants boudeurs. Les activités sont raccourcies. On se lasse. On rechigne. Bientôt la dernière semaine. Il faut encore écrire. Je ne pas parle pas de la casquette de Bruno dans le dernier courrier à mes parents. Le livre imaginé pour faire part de ses mésaventures n'aura pas de troisième chapitre. Je ruse, j'enjambe la difficulté en multipliant et grossissant les autres sujets de conversation épistolaire. Pour mon père, facile : les parties de foot et les grands jeux. Pour ma mère, plus difficile : il faut choisir les thèmes qui peuvent la rassurer. Alors j'invente. J'y arrive mieux depuis que je suis devenu un as au jeu du Menteur. Je lui parle jambes bronzées, jeux à l'ombre des pins, gentillesse des moniteurs. Tout est tiède et doux. Pas de transpiration ni courant d'air. Mais impossible de raconter le dernier épisode concernant Bruno. Il mettrait en évidence une nouvelle qualité chez son petit dernier qui risquerait de briser son cœur de mère : celle de se trouver facilement une maman de rechange quand la sienne n'est pas là.

Claire la cuisinière, qui a déjà accueilli Bruno dans son giron pour lui distribuer des tartines, a fondu devant son air de misère quand il s'est présenté devant elle avec son ersatz de casquette. Ses mains de fée ont aussitôt abandonné les gamelles et les réchauds pour parcourir avec amour le morceau d'étoffe moitié déchiré avec renfort boudiné posé sur la tête de l'enfant. L'opération a duré une journée entière. Toute la colo a mangé froid. Et pas question de contrarier la mère adoptive, résolue à offrir à la communauté un Bruno, rougissant de bonheur, avec, légèrement penchée sur le front, une casquette presque rendue à son état initial. Les miracles ayant leurs limites, le presque a son importance. Car la réalisation de Claire se situe entre un essayage de couturière et une compression en miniature du sculpteur César. Mais Bruno, avec son air fier et joyeux ne rappelle que des victoires. On fera fi des gros bouts de fil laissés par la vigueur réparatrice de la cuisinière.

Dernière semaine. Les volets de ma mémoire sont plus difficiles à ouvrir. Ils grincent. Je dois feuilleter les pages de mon album intime, associer sourire et casquette pour faire ressortir leur évidente incompatibilité. Puis faire venir dans un début de phrase premier émoi amoureux, parce que geste d'agacement a pointé le bout de son nez. Mais je dois tout d'abord parler mer et petit château de sable. J'y installe Bruno avec pelle et râteau. Le château est tout biscornu, tout mal fichu. C'est moi qui l'ai construit. Vite, en privilégiant le mur d'enceinte, espérant que la limite ainsi matérialisée servira de contenant à ses vagabondages. Car, cette dernière semaine de vacances, va célébrer l'alliance de mon petit bonhomme de frère avec le friselis de l'écume, le mouvement des vagues, leur bruit quand elles font rouler les galets. Leur jeu s'accorde si bien avec le tempérament joueur et imprévu de Bruno, qu'on ne sait pas si c'est lui ou la mer qui rigole. Peut-être que ce sont le flux et le reflux qui lui donnent ces impulsions soudaines et ondulatoires. Bruno devant l'océan, c'est l'instinct du premier homme de la création arrivé sur une plage : il s'ouvre à l'inconnu.

Mais comment harmoniser cet ensemble avec l'obligation de garder sa casquette sur la tête ? Grâce et rêveries offertes contre nécessité d'être chapeauté ? Il n'y a pas d'égalité.

Bruno fuit cette contradiction avec ses bouillonnements. Il va, il gambade. Il saute, il crie et partage ses sensations avec sa casquette. Celle-ci devient prolongement de son euphorie, si bien qu'il est difficile de la localiser. On la trouve souvent confondue avec les galets ou égarée au milieu des algues. Elle peut aussi glisser jusqu'à la vague et, comme le bateau ivre d'Arthur Rimbaud, murmurer à Bruno dans le sel de ses rêves : *plus léger qu'un bouchon j'ai dansé sur les flots.* C'est ce que je crains le plus : qu'ayant touché aux premières neiges de l'écume, elle soit prise d'un désir de voyage et finisse par quitter définitivement la terre ferme.

Voilà pourquoi, en cette fin de séjour tout ensoleillé, j'ai dressé muraille et château en quelques pelletées de sable et renversements de seau. J'ai nommé Bruno chef de garnison. Il doit impérativement rester à l'intérieur de l'enceinte pour sauver une population imaginaire et surtout garder sa casquette sur la tête, car c'est grâce à elle que ses soldats pourront le reconnaître au milieu de la bataille qui s'annonce meurtrière. La garder sous leurs yeux, c'est bénéficier du courage et de la ténacité de leur chef. Ce n'est plus : ralliez-vous à mon panache blanc mais, suivez bien ma casquette. Le couvre-chef n'a jamais autant mérité son nom, il couvre même ses oreilles. Bruno a plongé dans son rôle avec entrain. Et moi j'ai plongé dans les vagues, c'était le tour de baignade de notre groupe.

Je ne suis pas allé plus loin que son sourire et pourtant j'ai enjambé la terre, d'un seul pas. Une jeune fille de mon âge en vacances avec ses parents ! Comme emplacement de villégiature, la famille avait choisi un petit coin de sable, tout près de notre coloniale assemblée. Drôle d'idée ! Ces éclats de voix, ces courses, ces jetées de sable semblaient les amuser. Bien sûr qu'elle était jolie ! Je ne saurais dire comment, mais ça tenait autant à sa façon de soulever ses cheveux pour imiter sa mère, que de se pencher pour ramasser un coquillage ou un caillou. Et quand elle avançait son pied, dans le dernier abandon de la vague et qu'elle criait riait parce qu'elle trouvait l'eau froide !

C'est dans la retombée d'un rire qu'elle m'a regardé. Et qu'elle m'a souri. Rare, bouquet, pour moi, tous ces mots sont venus en gerbes et m'ont fait boire la tasse. Comment voir autre chose que ce sourire d'elle ? J'ai onze ans. Je deviens unique dans la grande communauté du monde. Je me sens un peu bête en train de barboter dans le périmètre de bain réglementaire et obligatoire. Plage, mer, soleil, font malgré tout la ronde. Les badaboums de mon cœur feraient rire Camille, mon copain de tambour, qui veut toujours être dans le rythme. Dans cet instant de vacillement de mes petits agencements, je l'ai élue reine, sans qu'aucun mot ne sorte de ma bouche. Pas un ne pouvait appartenir à mon joyeux désordre.

Et puis, dernier jour de la colo, c'est le patatrac de mon premier émoi amoureux ! La veille, Bruno et sa casquette avaient fait un show ! Dire qu'ils se faisaient la tête n'est pas juste puisque tête et casquette ne se voyaient pas ensemble. Impossible de les rassembler. Une étanchéité parfaite entre les besoins d'air de chacun ! J'avais ainsi raté la baignade pour me transformer en quêteur-désespéré-de-conduire-à-bien-sa-mission-salvatrice. J'avais déjà l'image de notre retour dans l'enceinte familiale amputé de cette catastrophe-ambulante-à-visière ! Je craignais l'apoplexie maternelle ! Alors quand mon frère, même petit, a entrepris, pour conclure son séjour, de mettre une plume à sa casquette pour faire un mât et de pousser son navire improvisé au-delà de la zone de baignade, j'ai vu rouge. Aujourd'hui on parlerait de câble et de durite qui n'ont pas tenu le coup. Dans un rush de combattant mis au désespoir, j'ai foncé sur Bruno, l'ai arraché à son expérience maritime, traîné jusque sur le sable et lui ai enfoncé sa casquette sur le crâne en prenant bien soin de frotter ses oreilles au passage. Il s'est mis à pleurer, chose tellement rare chez cet enfant arrangeur de contrariétés.

Devant moi trois paires d'yeux m'ont toisé, trois paires d'yeux scandalisés d'assister à cette scène. En quelques minutes, pour nos voisins de plage, je suis devenu Brutus, l'ignoble mère Thénardier, le loup qui vient de croquer l'agneau. C'est qu'ils s'étaient entichés du petit chérubin à casquette. Ils aimaient déjà Bruno, s'amusaient de ses inventions, riaient de ses maladresses. Et la toute jeune fille qui avait, par son sourire, illuminé mes ombres, jetait maintenant son opprobre sur moi. Honte à toi, malmeneur de petit ange! semblait dire son visage. Mes yeux étaient sans larme, mais pleuraient sous son soleil injuste.

Aujourd'hui il ne pleut pas sur Nantes. Un chanteur de rues a fait taire un moment son orgue de barbarie, pour distribuer au public le texte de la chanson qu'il vient d'interpréter: *Que sera sera*. Petit Bruno est devenu grand. C'est lui le musicien animateur qui entraîne les gens dans cette ritournelle. J'ai moi-même dans les mains le papier sur lequel je reprends : demain n'est jamais bien loin. Hier n'est pas loin non plus. Proches encore : joies et désenchantement d'une colo d'avant. Il y a eu d'autres soleils. Grand Bruno a mis dans sa voix les grains de rire qui ne l'ont jamais quitté. Gling, fait la pièce qui tombe dans le chapeau. Le public est sous le charme. La voix du chanteur fait recette. Il porte une casquette sur la tête. Bien ajustée.

Il

fait de la maison
un théâtre
distribue les rôles
fait des réajustements
avec le dehors
pour que le dedans s'amuse
sans méchanceté.

TANTE MARIE FAIT SON CINÉMA

Elle avait du poil au menton et un vélo.

Dans mon souvenir notre vieille tante Marie a toujours eu quelques poils bruns qui frisottaient sous son menton, une vieille bécane avec laquelle elle se déplaçait avec lenteur et une mâchoire forte qui roulait au bas de son visage comme un pédalier bien graissé.

C'était notre grand-tante, la sœur aînée de notre grand-père.

J'avais sept ou huit ans et chaque dimanche après-midi, elle venait nous rendre visite et donner un coup de main à notre mère pour ravauder les chaussettes. Oui, ravauder, c'est ce qu'on dit pour les chaussettes. On dit aussi rapiécer ou repriser, je préfère ravauder, ça évoque mieux l'effort de l'entreprise. On imagine un échafaudage pour maintenir la chaussette pendant l'opération, pour éviter qu'elle ne s'écroule. Pour certaines c'était presque ça, vu la grandeur du trou et l'absence totale d'élasticité qui leur donnait cet air anémié, complètement flagada sur la cheville.

Mais pas une chaussette même à l'agonie ne résistait à l'aiguille de notre tante. Elle se faufilait à l'intérieur du trou avec une énergie, une vivacité assez stupéfiante chez une aiguille, car c'est à peine si on avait le temps de distinguer les doigts de la ravaudeuse.

C'est pourquoi chaque dimanche après-midi, tante Marie arrivait chez nous, grimpée sur sa vieille bécane dont elle faisait grincer les freins dès l'entrée du bourg de La Mothe-Achard. où nous habitions. Elle arrivait du château de l'agriculture, propriété des Frères de Saint-Gabriel chez qui elle était bonne à tout faire.

Son arrivée dans le bourg était déjà remarquable et remarquée : le béret vissé sur sa tête, pédalant à qui mieux mieux tout en freinant avec précaution : foncer sans aller vite, quoi ! Le grincement des patins sur la jante retentissait dans tout le bourg, donnant à la visite de notre tante, le caractère solennel et théâtral indispensable au protagoniste d'une aventure imminente.

Quand tante Marie arrivait chez nous le dimanche après-midi, on pressentait qu'il allait se passer quelque chose ! Sa bicyclette à peine ralentie, elle sautait sur ses deux pieds, accompagnait la course de son vélo de petits pas précipités puis stoppait l'engin avec fermeté. Enfin elle le posait avec précaution contre le mur, opération très délicate exigeant d'abord un temps de réflexion : crispation du visage, concentration. Où poser le vélo ? À droite de la fenêtre ? Mais le guidon glissait sur cette partie du mur qui était lisse. Directement sur le volet, il n'en était pas question. Ma tante connaissait la susceptibilité de nos parents sur ce chapitre, il y avait le risque d'abîmer le bois. « On ne veut pas d'ennui avec le propriétaire » disaient-ils. Au-delà du volet ? Le guidon s'accrochait bien au mur qui était à cet endroit recouvert d'un crépi grossier laissant apparaître des aspérités. Mais comment ne pas abîmer les poignées de caoutchouc du vélo ?

Le plus souvent notre tante se décidait pour la partie lisse du mur. Il fallait donc choisir judicieusement l'inclinaison de la bicyclette. Trop droite, elle pouvait basculer. Trop penchée, elle pouvait glisser. C'est à la suite de longs tâtonnements, d'essais, d'erreurs entrecoupés de sursauts, de craintes quand, penché ou trop droit le vélo semblait partir, comme animé de sa propre volonté, que ma tante trouvait l'angle juste. Enfin elle pouvait le lâcher, reculer d'un pas pour admirer son œuvre et pousser un profond soupir de soulagement. Et tout en gardant l'œil sur sa bicyclette qui, on ne sait jamais aurait pu se rebeller et s'échapper du mur, elle frappait à notre porte.

D'un même élan sept voix l'invitaient à entrer.

Elle poussait doucement la porte qui grinçait ce qui, invariablement, valait à mon père une réflexion désobligeante de ma mère sur son incompétence en matière de graissage de gond.

En toc-toquant à la porte, tante Marie ouvrait le rideau sur le théâtre familial où elle allait jouer sa propre scène. C'est aussi pour ça que nous l'attendions.

Tout d'abord elle restait debout au milieu de la cuisine, humant l'air de la maisonnée, mâchouillant un vague bonjour. Elle gardait son béret vissé sur ses oreilles. Quelques cheveux en sortaient, gris et blancs, insoumis et joyeux, contrastant avec l'humeur habituelle de notre tante souvent bougonne voire maussade. Elle faisait deux ou trois pas, traînant ses pieds sous elle et grommelant quelques mots. Un novice aurait tendu l'oreille pour comprendre. Erreur. Les premiers mots n'appartenaient pas tout à fait au langage tel que nous le connaissons. C'était une sorte d'échauffement. Des bruits de gorge et de nez qui n'avaient pas d'autre but que de résonner, vibrer dans cette grotte cachée qu'évoquait la bouche de notre tante quand elle parlait ou quand elle mangeait. Pour elle, mâcher les mots avant de les dire comme mastiquer les aliments avant de les avaler, se faisait mâchoire fermée. Elle a mis longtemps avant d'accepter la pose d'un dentier.

Ensuite les mots sortaient, en patois bien sûr. Ils se tenaient la main pour se donner du courage car ils composaient toujours de longues plaintes sur les variations météorologiques et leurs incidences sur ses crises d'arthrite ou de rhumatisme.

Passé ce préambule, qui offrait l'avantage de ne pas attendre de réponse, chacun pouvait continuer à vaquer à ses occupations. Il suffisait de temps en temps de hocher la tête d'un air entendu et compatissant. Tante Marie allait s'asseoir, un bouquet de chaussettes dans la main, celui que lui avait offert ma mère entre deux oh bé dame ! oh bé alors ! Elle s'asseyait toujours à la même place : près de la fenêtre donnant sur la rue en face du cinéma Rex. Un œil sur la chaussette en chantier, l'autre sur l'entrée du cinéma, elle était installée pour une garde discrète mais efficace, une surveillance sans relâche sur cette partie de rue qui, en ce début d'après-midi du dimanche justement ne relâchait jamais, car c'était bientôt l'heure du film.

La séance débutait à trois heures (on ne disait pas quinze heures à cette époque, il était évident qu'on n'allait pas au cinéma à trois heures du matin). Notre tante était aux avant-postes dès deux heures trente. Notre maison étant située juste en face de la salle, le panneau d'affichage qui vantait le film de la semaine était à peine à une vingtaine de mètres de son vélo qui somnolait contre le mur.

Ah ! Il avait bien raison de sommeiller le vélo quand s'étalaient sur une hauteur d'environ deux mètres, sur fond de décors imaginaires, des personnages bizarres et inquiétants. Ils paraissaient faire des clins d'œil appuyés à Tante Marie qui tentait désespérément de rester digne derrière son carreau de cuisine, prenant les chaussettes à témoin de la mentalité décadente des jeunes d'aujourd'hui comparée à ceux d'son temps.

La confrontation avec l'affiche était la première épreuve que devait affronter notre tante : indiens peinturlurés et agressifs, cowboys au regard saisissant scrutant l'horizon comme la ménagère devant la vitrine du charcutier, femmes alanguies dans les bras puissants de mâles occupés à leur compter fleurette ! Pauvre tante Marie ! Voici une paroissienne tout à fait honorable qui avait le matin même résisté à deux ou trois mauvaises pensées à l'égard d'Euphrosine Gorrichon, cette hypocrite ! Et maintenant, drapée dans sa probité et penchée sur son ouvrage, elle devait résister au désir de lever la tête pour regarder des images violentes, concupiscentes et sentant le souffre !

Face à cette épreuve, notre tante optait pour le self-control. C'est tout juste si les chaussettes manifestaient de petits tressaillements.

Et les titres de films ! Ils s'étalaient là, bien épais sur l'affiche, dansant, virevoltant dans des couleurs criardes : *Règlements de comptes à O.K. Corral*, *Un condamné à mort s'est échappé*. Mais la tante Marie, contrainte très jeune à se mettre à l'ouvrage et n'ayant pas eu la chance d'apprendre à lire et à écrire, était obligée de demander à notre mère de lui lire les titres. Celle-ci, non sans regret ni honte, trouvait ainsi le moyen d'adoucir les angles. *Les contes diaboliques du docteur Mabuse* devenaient ainsi *Les histoires merveilleuses du bon docteur Martin.* Et *Amours torrides sous les Tropiques* se transformaient comme par enchantement en *Promenade à deux sous un été chaud.*

Notre tante était-elle dupe ? Il paraissait difficile d'imaginer que les yeux rougis du docteur Mabuse était ceux d'un bon docteur empathique, et que la promenade à deux n'allait pas se terminer en galipette quand on voyait l'ardeur avec laquelle les promeneurs en question étaient enchevêtrés. Mais bon, tante Marie avait tellement besoin de penser que le monde ressemblait aux images idylliques contenues dans son missel, qu'elle avalait toutes ces couleuvres avec la naïveté d'une première communiante.

Et puis, chaussette après chaussette, l'heure de la séance approchait. La rue s'animait, se remplissait peu à peu de vibrations pré-cinématographiques. Il y avait ceux qui se tenaient sous l'affiche, humant le proche horizon, prêts à rentrer dans le paysage. Des garçons, le pouce et l'index formant une équerre, se bousculaient, grimpaient et descendaient les marches qui menaient à la salle, tirant en l'air des coups de pistolets imaginaires. D'autres lorgnaient les filles, s'imaginant déjà à la faveur de l'obscurité, échanger avec elles des baisers longs comme des trains de marchandise.

Notre tante choquée par ce remue-ménage commençait néanmoins à s'animer. Sa morale lui donnait des ailes, elle se sentait comme l'ange purificateur. Les suites de son humeur et de son raccommodage dépendaient totalement de la cote des films établie par l'Office Catholique du Cinéma.

Les dimanches des films répertoriés pour tous étaient tranquilles et ennuyeux. L'affiche promettait une histoire à l'eau de rose, les spectateurs s'alignaient sagement devant la salle comme pour une procession. Tante Marie ravaudait les chaussettes à la vitesse d'un train express. Notre mère pouvait faire l'économie d'un mensonge puisqu'elle n'avait pas besoin de traficoter le titre.

Les films répertoriés pour adultes ou strictement pour adultes apportaient avec eux un peu d'agitation et de dissidence. Tante Marie avait du mal à maintenir la position assise. Elle marmonnait plus que de coutume sur un air de colère rentrée et de vertu outragée. De temps en temps elle s'arrachait de son siège, fustigeant, conspuant.

Mais les vrais dimanches d'exaltation et de puissance dans la représentation de notre tante étaient ceux qui voyaient éclore des films répertoriés à déconseiller par l'Office Catholique du Cinéma.

Ce jour-là, devant le cinéma, il y avait foule.

Notre tante se sentait investie d'une mission divine. Mieux que les chaussettes à réparer, il y avait les âmes de ceux qui allaient se perdre dans le trou noir de cette salle obscure comme dans les abîmes de l'enfer. Les chaussettes prenaient du bon temps, elles s'étiraient bien à leur aise, exhibant leur usure. C'était de la pure provocation. Mais tante Marie avait d'autres chats à fouetter : le dé à coudre en guise de bouclier, elle se préparait à se battre contre des ennemis imaginaires, ceux qui, bien sûr, attiraient par leurs propositions aguichantes les esprits ingénus. Elle s'insurgeait contre ces marchands du temple, vociférait contre ces camelots du diable, hurlait contre ces tenanciers du mal. Elle menaçait de traverser la rue avec son aiguille qu'elle brandissait comme l'épée de Roland de Roncevaux afin de piquer le derrière du propriétaire du cinéma. Elle appelait de sa voix grondante le secours du Très-Haut, l'esprit vengeur de l'ange Gabriel et la bienveillance de saint François d'Assise. Quelques mots latins appris à la messe se mêlaient à son langage, donnant à ce discours un peu de grandiloquence. Ah ! il pouvait en prendre de la graine le curé qui, chaque dimanche, dispensait du haut de sa chaire un sermon plein de morale et de doucereuse mansuétude, mais qui n'avait pas d'autre effet que de provoquer le ronron de ses paroissiens. Notre tante avait une autre allure, toute droite dans sa robe du dimanche, le menton en avant, prête à fondre sur la foule pécheresse !

On la retrouvait rapidement juchée sur sa chaise, comme s'il lui était nécessaire de prendre de la hauteur pour vilipender la masse décadente. C'était aussi un des rares moments où elle ôtait son béret. Celui-ci disparaissait dans sa main et participait comme il pouvait à l'événement. Roulé en boule, fripé, malmené, il semblait fournir une énergie supplémentaire à l'officiante. Dans cette séquence de fureur vengeresse, notre tante ressemblait de plus en plus à ces personnages bibliques qui, sur les tableaux en papier effeuillés par le curé au catéchisme du jeudi, illustraient l'histoire sainte.

Quant aux chaussettes, c'était comme si elles n'avaient jamais existé. Or cette non-existence des chaussettes était sans doute ce qui nous préoccupait le plus car nous savions par déduction que la semaine à venir se passerait sous le signe de la chaussette aérée. Si par malheur il nous arrivait le lundi matin de nous en plaindre, notre mère ne manquait pas de nous glisser avec malice que ce serait notre façon de participer au prix de la représentation : une franche rigolade un dimanche après-midi valait bien quelques trous de chaussettes le lundi.

La tension montait jusqu'à l'heure fatidique du début de la séance. C'était l'aspect poignant de l'affaire. Car chacun de nous savait que cette croisade de notre tante était perdue d'avance : jamais elle ne pourrait empêcher les gens d'aller au cinéma, de s'acoquiner comme ils en avaient envie, d'autant qu'ils n'entendaient jamais les plaintes et les menaces proférées par notre aïeule, puisqu'elles se heurtaient aux portes et fenêtres que nous prenions bien soin de tenir fermées.

Driing ! la sonnerie du cinéma annonçant le début des réjouissances marquait durement sa défaite. Elle le savait bien au fond d'elle mais cela la surprenait toujours.

Chaque dimanche des films à déconseiller, à trois heures précises, tante Marie se retrouvait debout sur sa chaise, les cheveux en bataille, semblant se demander ce qu'elle y faisait. La sonnerie fatidique provoquait invariablement un arrêt sur image et la coupure de la bande son. Il n'y avait plus rien à faire ni à dire, c'était la victoire des infidèles, le mal qui terrassait le bien. L'ange réparateur n'avait plus qu'à descendre de sa chaise, vaincu.

La transition n'était pas facile. Notre tante attrapait une chaussette pour se donner une contenance. Mais le geste manquait de conviction. Personne n'y croyait pas même la chaussette qui se tenait immobile dans sa main. Un sentiment de compassion l'unissait à la ravaudeuse. C'était si triste qu'on s'attendait presque à voir la chaussette sauter au cou de tante Marie pour la consoler.

Notre mère venait vite à la rescousse en proposant une collation : café au lait et petits gâteaux secs. Glissements de chaises de cuisine sous la table. Tante Marie retrouvait un peu de joie auprès des gâteaux. Or si nous étions soulagés de la voir revigorée, nous n'en étions pas moins inquiets d'assister à la disparition lente mais déterminée des biscuits dans sa bouche. Notre mère, contrôlant ses troupes et surveillant notre convoitise, roulait vers nous des yeux ronds et menaçants comme des boulets de canon. Note tante absorbait donc ses gâteaux dans un silence de fin de bataille, à peine entrecoupé de bruits de succion, caractéristiques d'une bouche aspirant la partie molle d'un biscuit, revenu tristement d'une partie de trempette dans un bol de café au lait.

Elle n'avait pas le courage d'attendre l'entracte et d'affronter de nouveau la turbulence de la rue et la mine réjouie des spectateurs. Elle se drapait une dernière fois dans sa dignité outragée en marmonnant quelques lamentations de queue de peloton, remettait son bonnet sur sa tête, puis s'engouffrait dans les manches de son manteau que notre mère lui tendait tout en feignant de la retenir. Puis elle sortait et enfourchait son vélo. Celui-ci, nouveau compagnon d'infortune destiné à la ramener au camp après la défaite, tanguait un peu. La tristesse sans doute. Il ne manquait plus que la musique sombre du clairon sonnant le repli.

Nous la regardions partir : une longue et ondulante trajectoire pour la traversée du bourg, un bras tendu pour tourner à gauche, le point noir d'un bonnet disparaissant peu à peu sous le ciel gris. Dernières images sur fond de grincement de freins contre une jante mélancolique.

Le mot FIN serait apparu sur le mur de la boulangerie à la sortie du village, nous n'aurions pas été surpris.

Il

traverse les époques
et situe le futur
place sur sa route
quelques concessions
à prendre ou à jeter
revient au présent
nous laisse nous débrouiller.

GROS TEMPS DANS LA CUISINE

Le temps importe peu. Pas plus que la saison qui dehors, ajuste ses effets. Les papillons du jour ont depuis longtemps déjà, déployé leurs ailes. Il fait même un peu chaud. Les volets sont entrebâillés. Ma solitude d'enfant ? totalement ouverte sur la tristesse et l'ennui. Comme ces longs papiers collants qui pendent du plafond pour piéger les mouches. Pourtant aucun morceau de mon problème ne s'y laisse prendre. Hors temps mais dans une réalité écrasante, assise sur mes épaules. Appel à tous les géants des contes de la terre pour qu'ils me délivrent de ma chaise et me transportent loin de mon pays de tourments. Les géants ont dû se laisser distraire. Ils traînent en route.

Debout, le dos appuyé contre la cuisinière éteinte, mon père. Il lit son journal. Son indifférence à mon égard me vaut le supplice de Tantale. Roi de Phrygie en herbe, isolé et maudit, j'ai déjà avancé un pied pour tâter la chaleur de l'enfer. Mais c'est la faim éternelle qui m'inquiète le plus. Mon ventre le sait, lui qui se plaint si facilement.

Rêvant d'une autre fin, je convoque mes rêves. Libres enfants de Summerhill, pas encore à la page mais déjà dans les tiroirs de ma contestation. Rigide et autoritaire, mots issus de la vieille école : ignorés tout simplement. Devenus poussières transparentes. Sur la pelouse du vénéré collège anglais, on discute, on concilie, on pèle la peau de son orange, parce que c'est le fruit qu'on a choisi. Auto-responsabilité, droit égal d'être entendu, enfants libres d'être eux-mêmes, plaidoyer pour le bonheur et la liberté de chacun. Chanson d'un renouveau. Mon père a levé son regard. Il a vu mes pieds sous la table s'agiter au rythme des libertés conquises dans ma tête. Attention à ne pas les afficher sur mes panneaux imaginaires ! Dans l'attente de la Grande Récréation, la victoire doit rester sobre. Je redessine corporellement ma soumission et mon entêtement. Mon père reprend sa lecture.

C'est un face-à-face, un duel silencieux. L'aube a cédé sa place, mis la brume dans sa poche. Ni pistolet ni témoin. Il n'y a pas eu le cérémonial choix des armes. C'est volonté contre volonté, à la loyale. Les autres participants ont fui le terrain de l'affrontement. Ma mère est chez la voisine. Mes sœurs, mon frère, tous partis gambader dehors. Je ne serais pas étonné que Solange, cet après-midi, propose le jeu de vies à ses copines : chaque joueuse a un bout de tissu dans le dos, appelée vie, qu'elle doit préserver des assauts de l'adversaire. Ce serait bien sa manière à elle de transposer le scénario qui se joue dans la cuisine. Et d'y mettre de la gaieté parce que c'est son frère qui tient le rôle du confiné à table.

Jouer la montre ? Stratégie banale au foot ou au basket. On préserve le résultat qui avantage son équipe, sans prendre de risque. On joue à la baballe, petites passes loin du but ou de son panier. On fait semblant d'avancer, on nargue l'adversaire. Qui s'énerve et commet des fautes. Dans la partie qui se joue avec mon père, ce serait jouable. Je donnerais quelques signes de désarmement. Je bougerais un verre ou une fourchette. Lui se démurerait, ce qui veut dire qu'il arrêterait de faire son mur de briques, tous muscles à l'arrêt mais tendus, dos tout raide avec vertèbres bien prises dans le ciment de l'autorité. Mais la colère risquerait d'éclater. Car notre boulanger de père a ses heures de fatigue dans le corps, dues à son travail.

D'ailleurs, ce sont ses petits oscillations de jambes qui me persuadent de changer de stratégie. Je ne peux pas pousser mon inertie jusqu'à son épuisement. On risquerait de m'envoyer un père de rechange, encore plus chatouilleux question obéissance. Neuf ans de pratique avec le mien, souvent fait d'échanges et même de complicité. C'est un atout à conserver. Je dois rassurer mon contradicteur. Je passe à la scène deux de mon obstination. J'y mets de l'huile.

Pas de retouche dans le maquillage. Je garde mon air contrit. Je me projette des images comme si c'était un film. Le metteur en scène vient d'ordonner la remise en place des acteurs. Le décor : intérieur modeste mais propre. Table de cuisine en bois. Un des pieds grossièrement réparé après affaissement dû à l'âge. Pas de claudication puisqu'elle reste immobile. Il y a donc ce papier à mouches qui pend du plafond. Drôle d'idée ! Mais le metteur en scène y tient, il symbolise l'attente, l'ennui, mais aussi la saison. Le papier à mouches dans les maisons, c'est l'été.

Courte pause, puis reprise. Il faut se réinstaller dans son rôle. J'ai le visage crispé car je suis à la recherche d'une stratégie pour sortir de cette situation et retrouver mes copains sous les halles. Après un long travelling, gros plan sur ma personne. Mes bras font un mouvement vers l'assiette qui est au centre de la table, marquant ainsi ma volonté de faire un effort pour résoudre le blocage. La caméra se dirige ensuite vers mon père qui laisse tomber ses épaules. Vu l'état de fatigue, on craint l'écroulement. Mais après ce mouvement du corps, il reprend son attitude d'autorité. Pas droit dans ses bottes, on n'est pas sous la tente du général Custer. Ni coups de canons, ni balles qui sifflent au-dehors. Tendue l'ambiance, mais encore familiale.

Ce genre de situation n'est pas rare chez nous. Au sein d'une communauté basée sur le patriarcat, notre père doit intégrer deux contradictions. Il est souvent absent, puisqu'il travaille la nuit et doit dormir dans la journée. Et son caractère le pousse davantage à jouer et rire avec ses enfants, plutôt qu'à les diriger et leur imposer sa volonté. Sauf au moment des repas où ses principes sortent de sa poche comme les diktats avec leurs points d'exclamation. Ils le stimulent et l'élèvent. Ainsi peut-il sans transition passer de À cheval sur mon bidet qu'il chante à mon petit frère en le faisant sauter sur ses genoux à on ne met pas ses coudes sur la table, on se tient droit, on ne parle pas quand on mange, c'est la fourchette qui va à la bouche et pas la bouche qui va à la fourchette. Ce dernier précepte fait beaucoup rire mes petites sœurs qui, pour la réentendre, feraient bien les choses à l'envers. Mais le chef de table qui connait le goût de ses jumelles à s'amuser de tout, entonne son ordre de voyage alimentaire d'une voix de stentor. Les têtes de mes sœurs statufiées par l'ambiance, prennent la position requise. Soulevées dans les airs, les bouchées s'engouffrent alors dans les bouches grandes ouvertes. Aussi jumelles que mes sœurs, fourchettes vont par deux. Synchro.

Aujourd'hui, à l'instant crucial de mon problème, l'heure n'est pas du tout à la ballade ni à la rigolade. Ces mots en ade sont incapables de détendre l'atmosphère. Réfugiés sous la nappe ils se tiennent cois. Impossible de rivaliser avec le principe éducatif de mon père qui me cloue à ma place depuis bientôt une heure. Il rejoint la cohorte des obligations qu'on ne peut pas interroger car elles ont un caractère sacré. Transmis de génération en génération, ce principe est une des bases sur laquelle, dans les milieux modestes, la morale a rejoint la nécessité. Remettre cet ordre en cause équivaudrait à faire trembler les murs de la cuisine. Diversion, contournement ne me sont d'aucune aide. Je dois puiser dans des ressources inhabituelles.

Considérer l'élément perturbateur sous l'angle de l'objectivité ? Faire barrage à mes fantasmes ? Appeler les sciences naturelles à la rescousse ? J'égrène ces phrases comme un chapelet. Mon père s'impatiente. Alors que j'entame une profonde réflexion, mon air pensif ne le satisfait pas. Ce sont des actes qu'il attend. J'accélère mon processus mental. Je joue à l'instituteur…

Calcul d'un cercle, d'une distance entre deux points, sachant qu'on connait la vitesse de progression d'un liquide qui s'écoule entre ces deux points. J'accentue l'écoulement. J'imagine alors qu'il faudrait d'autres données : l'angle de la pente, la nature du liquide sachant qu'il y a un risque de coagulation. Lignes-poids-surface-volume, tonton Roberval, cousin Archimède. J'invite toute une famille. Calcul, arithmétique, ne sont pas mon fort, j'ai souvent besoin d'aide.

Leçon de sciences naturelles : à l'aide d'un microscope étudier la composition d'un corps gras. Repérer l'agencement des fibres. Déterminer l'origine. À quel ensemble appartient-il ? muscle, viscère ? Puis, définition d'un terme. Nausée : contraction involontaire des muscles du pharynx, de l'œsophage, des parois abdominales.

Enfin leçon de français, celle que je préfère. Tout d'abord, la dictée. Difficile. Attention aux accents. Respectez la ponctuation. Je lis : possède une jolie coloration, qui, verdâtre au-dessus avec une bande bleu foncé, s'atténue jusqu'à l'argent pur en descendant sur les flancs. Question : à qui peut-on attribuer la description de ces couleurs ? Un animal ? un objet ?

À table, je suis un enfant difficile. Avec ma fourchette, je trace un cercle autour de l'aliment à absorber. Encercler avant de progresser. Puis je penche mon assiette. Si c'est une rouelle, la sauce s'écoule plus ou moins vite en fonction de la pente. Simulations de calcul. Variations dans l'exercice. Nouveaux calculs. Ne pas trop tarder. Risque de coagulation. Puis j'observe. J'ai un œil-microscope. Je tourne, je retourne la bouchée. J'étudie. Le gras, les nerfs, les fibres. J'occulte certains noms : tripes, boyaux, entrailles. Le risque c'est la nausée, puis l'alerte rouge. Haut risque de vomissement.

Aujourd'hui, c'est la leçon de français qui me paraît la plus appropriée. J'ai besoin d'aide pour affronter ce qui traîne dans mon assiette. J'en appelle au secours des mots : possède une jolie coloration, qui, verdâtre au-dessus avec une bande bleu-foncé… Mais cet être ratatiné aux couleurs sombres tirant sur un brun mâtiné de noir à l'endroit du trop-cuit… ne s'apparente en rien à la description du dictionnaire. Et surtout, il possède un élément rebutant et dangereux, ses arêtes. Formant squelette mais dispersées dès qu'on bouscule un peu la chair autour, elles s'y cachent, s'y fondent. Malgré mon œil-microscope, j'ai toujours peur d'en rater une et qu'elle vienne se planter au fond de ma gorge. Et puis mon père, avec un r de plus les intègre toutes dans ses récriminations : arrête de faire des ronds avec ta fourchette, arrête de farfouiller dans ton assiette, arrête de te plaindre, arrête de gigoter, arrête, arrête !

Désespéré, le regard que j'ai planté dans cet œil mort. Je n'échapperai pas au découpage ni, au danger dû à son absorption. Cloué par la morale paternelle et inébranlable qui dit :

On ne quitte pas la table avant d'avoir fini son assiette. Je plie, je capitule.

Sur mon chemin de peine, d'un coup de fourchette minable, j'entame ma sardine.

Il

s'amuse
des vanités
fait bondir
le désordre
rajuste raccommode
incidents d'hier ?
rires de demain.

DEUX, TROIS QUATRE, LA JUVAQUATRE DE TONTON MAURICE

J'aimais l'écriture de notre mère, appliquée, avec ses pleins et ses déliés. Elle en était fière. J'ose penser aujourd'hui que c'est avec l'écriture qu'elle exprimait le mieux sa sensibilité. À voir son air penché et le brillant de ses yeux, je pouvais deviner qu'elle s'entichait de la courbe d'un g ou de celle d'un b. Chez nous, c'était elle la préposée aux nouvelles à donner aux membres éloignés de la famille : belle-mère, belle-sœur, le courrier s'échangeait entre femmes.

Pas facile d'écrire avec la marmaille autour d'elle. Comment faisait-elle pour qu'on se tienne tranquille ? à quels signes devions nous obéir ? plumier crayon buvard avec leur masculin faisaient-ils office d'autorité ? ou bien était-ce la plume qui, dans la grâce de son nom, s'imposait à nous quand ma mère choisissait d'écrire au porte-plume ? Je crois plutôt que c'était le coin de table de la cuisine débarrassé, nettoyé juste après le petit déjeuner, qui faisait office de gendarme. Et puis peut-être quelque chose dans son visage qui signifiait son début de concentration, car les mots qu'elle allait écrire avaient sans doute commencé à s'installer dans sa tête.

Que dirait-elle aujourd'hui de ces broum vroum et tut-tut que je m'apprête à écrire ? Ces mots auraient tout pour lui déplaire, suggérant le bruit, l'agitation, et ne comportant même pas de lettres avec boucles ! Peut-être me dirait-elle que je suis toc-toc pour me rembarrer avec humour. Mais elle sourirait aussi si je prononçais devant elle le nom de celui que ces onomatopées me suggèrent : son frère Maurice pour lequel elle avait une tendre affection.

Homme de petite taille, moustache à la Clark Gable, jambes comme des parenthèses, tonton Maurice pour nous les enfants, s'était inventé un personnage : l'as du volant. Chapeau de cow-boy légèrement incliné sur le front, le regard tamisé pour retenir quelques grains de mystère, il pilotait comme s'il conduisait un bolide une vieille Juvaquatre achetée d'occase à un lointain cousin mécanicien. Ses visites chez nous le mettaient particulièrement en train, car notre maison offrait une particularité qui stimulait ses effets de conduite : un caniveau assez profond que les voitures devaient franchir d'un bond pour se garer dans la venelle qui grimpait entre notre maison et le palais de justice. Stationner juste devant chez nous était trop simple pour tonton Maurice, notre as du volant laissait ça aux petits conducteurs du dimanche.

Son arrivée se faisait donc à grands coups de klaxon, accélérations courtes mais rythmées face à la venelle pour prévenir la famille de la performance à venir. Car, sitôt ce préambule achevé, le moteur s'accordait un temps de ronronnement, introduisant le suspense inhérent à la difficulté de l'entreprise : la voiture devait prendre de l'élan pour franchir le caniveau. Ensuite, inclinaison du chapeau du pilote, deux ou trois coups d'accélérateur bien sentis et, telle une lionne rugissante, la Juvaquatre bondissait au-dessus de la rigole et s'enfournait dans la venelle. Moteur tu, tonton Maurice ressortait de sa voiture avec l'air faussement modeste de celui qui, mine de rien, venait de réaliser un exploit. Claquement de bises sur ses joues, chacun saluait le héros du moment.

Mais un jour, ce scénario prit une mauvaise tournure, la Juvaquatre contraria son vaillant conducteur. Alors que les préliminaires s'étaient déroulés normalement, la voiture mollit en abordant la venelle pour franchir la montée, tel le cheval rechignant devant l'obstacle. S'ensuivit une scène épique où la Juvaquatre explora toutes les facettes de l'auto en folie au grand dam de son chauffeur : accélérations sans effets, bondissements, hoquets, reculades, calage, reprises, nouveaux fléchissements dans l'ordonnancement de la conduite, le tout accompagné des premiers grincements annonciateurs de désastre. Il faut dire qu'à l'intérieur du véhicule le chapeau de tonton Maurice s'était mis lui aussi à entamer une danse de Saint Guy sur sa tête au rythme des soubresauts de la voiture, lui obstruant périodiquement la vue. Ce n'était plus de la conduite automobile, c'était du rodéo.

Conclusion inévitable : la Juvaquatre sursauta péniblement et se coinça par le derrière dans un horrible grincement de pare-choc et de bas de caisse contrariés.

Fin de la partie. Rien qu'un teuf-teuf navrant dans le bas de la venelle à la rigole ponctuellement infranchissable. Le conducteur bafoué qui réussit péniblement à ouvrir sa portière et descendre de son engin n'est plus qu'une boule de colère, un atome rugissant qui s'en prend aussitôt à son chapeau. Le renégat paie comptant les petits amusements auxquels il s'est livré tout à l'heure. Pressé au-delà du raisonnable dans la main d'un tonton Maurice turgescent, il se retrouve vite par terre, puis traîné dans la poussière, piétiné, relégué au triste sort de victime expiatoire.

Les hurlements tontonnesques sont un hachis, galimatias de mots tout emberlificotés où on distingue parfois de copieuses insultes aux dieux de l'automobile et à la gente mécanicienne. Dans ce contexte de colère gigantesque de l'as du volant, moteur à explosion prend tout son sens !

S'ensuit un empressement du clan familial autour de la Juvaquatre pour lui redonner de l'élan. Tonton Maurice avale sa boule de rage sans déglutir, reprend son souffle et ramasse son chapeau. L'objet difforme et couvert de saleté reprend sa position de couvre-chef et ainsi rechapeauté, le chef en question se réinstalle au volant de son auto. Vroum,

vroum grandissants dans le ciel en attente, puis ho hisse ! poussée bien coordonnée de sept paires de mains, la Juvaquatre patine encore un peu pour exprimer son caractère puis saute joyeusement au-dessus de l'obstacle. Le chœur familial accompagne la délivrance de la monture à quatre roues d'un haaah ! vainqueur, quelques grincements geignards en sus redonnant sens à ses efforts.

Attablé quelques minutes plus tard devant un verre de rouge servi par notre père, et négligeant nos halètements, tonton Maurice glisse malicieusement sur l'incident. Ni merci ni contrition, l'homme au chapeau se réinstalle dans ses récits d'aventures imaginaires. Personne n'est dupe sur leur vraisemblance, mais le regard sérieux de notre père nous incite à suivre avec application la sinuosité des récits. Dérapages contrôlés, virages dangereux parfaitement maîtrisés, pointes de vitesse au-delà du possible, notre oncle-pilote déverse sans vergogne des anecdotes à faire pâlir les plus grands champions automobiles. Et nous les enfants, figés comme des premiers communiants, aussi abstraits que possible pour nous fondre dans ces mensonges, gobons les mouches de ce théâtre improvisé.

Mais l'acteur principal n'est pas dupe. Il détecte notre ennui. Saisissant le bord de la table qui figure le tableau de bord de la Juvaquatre, il accompagne alors le déroulé de ses histoires de la gestuelle et des sonorités adéquates : vroum vroum broum ! C'est comme si on y était…

À cet instant, je ne peux m'empêcher de comparer ces bruits à ceux que nous faisons, mes copains et moi, en faisant rouler nos Talbot-Lagot miniatures sur les carreaux des halles. Nos pouet-pouet et nos tut-tut sont pareils : même entrain, même conviction. Manquent que la moustache, le chapeau penché sur le front et les deux jambes comme des parenthèses.

Plus tard, quand je serai grand est-ce que je serai un tonton Maurice ? J'aurai sans doute une voiture, j'en rêve déjà. Est-ce que je raconterai aussi des histoires ? Est-ce que je les écrirai ? Peut-être que, comme notre mère, j'aimerai le tracé des lettres avec des boucles. Celles qui plongent dans le passé. Et le remettent dans le présent.

Il

nous fait aimer la nuit
pour ce qu'elle cache
allume les lampes
pour la traverser
s'arrange avec les mensonges
pour secouer les peurs.

NUIT FROIDE DANS LA CHAUSSURE

Ça sent le cirage partout dans la maison. C'est la coutume. Notre père cire méticuleusement les chaussures avant d'aller à la messe. Pas question d'arriver dans l'église avec des souliers du dimanche mal cirés. Dans la semaine, les brodequins peuvent s'accommoder d'un peu de boue séchée ou ramassis de poussières récoltées au hasard de nos sautillements et autres mouvements de jambes pour satisfaire nos envies de bouger. En revanche, rencontre-obligée-avec-les-gens-de-la-commune-à-l'occasion-des-cérémonies = activation-de-la-brosse à chaussures-sur-le-cuir. Ça bataille dur avec les lacets qui ne peuvent pas s'empêcher de contrarier l'agitation des poils. Il faut sans arrêt les remettre dans le droit chemin pour qu'ils ne se retrouvent pas barbouillés de cirage. Mais notre père fait preuve d'une adresse et d'une patience à faire pâlir un cordonnier.

Cordonnier ! voilà un mot qui qualifie un métier bien utile, mais qui nourrit aussi notre culpabilité et nos stratégies enfantines de dissimulation. Les miennes particulièrement. Car comment donner un coup de pied adroit dans un caillou pour le faire atterrir dans un endroit précis du caniveau sans écorcher le devant de la chaussure ? Le cuir, matière malléable mais sensible est, on peut le dire, susceptible au point de garder la trace du coup de pied délictueux, ce qui n'échappe pas à notre mère. C'est elle qui gère le budget familial. Et qui, bien que n'ayant aucun sentiment hostile à l'égard de l'artisan, affirme haut et fort qu'elle se passerait bien de le voir aussi souvent. Aussi ai-je développé un sens aigu de l'observation pour refaire les gestes de cireur de chaussures de notre père et retarder aussi longtemps que possible les remontrances très sonores de la gestionnaire des dépenses.

Mais les souliers du dimanche ont une particularité. Ils sont fragiles et marquent facilement. C'est pourquoi mes copains me demandent souvent pourquoi je marche comme ça le dimanche dans la rue, les jambes raides un peu en les écaralant comme on dit chez nous, c'est à dire en formant un V à l'envers, légèrement ouvert. J'ai beau leur dire que c'est pour éviter d'abîmer mes chaussures, ils trouvent ça idiot et ne manquent jamais de me faire une passe avec un caillou pour tester mes résolutions. Mais aujourd'hui mes souliers ne risquent rien, on n'est pas dimanche et dehors c'est la nuit. Les cailloux dans le noir ne me tenteront pas. Nous allons assister à la messe de minuit.

Fin de l'activité subversive de notre père qui a consisté à faire de trois paires de chaussures souillées six merveilles de l'habillement du pied. Les lacets bien rangés sur les dessus du cuir, sont parés pour le nœud. Après la solidité, la fidélité du lacet est sa seconde vertu. Ni trop mou, ni trop serré, il doit tenir sans blesser.

Comme à chaque veillée de Noël, notre mère est ébahie, on pourrait se regarder dans les trois paires de chaussures tellement elles brillent. C'est vrai que notre père stimulé par l'événement déploie ces soirs-là un talent exceptionnel. Les chaussures sont vivement brossées puis sur la fin du parcours caressées, chouchoutées. D'ailleurs la façon dont le maître de cérémonie les pose après achèvement de l'opération est en soi un acte sacré. Il ralentit ses mouvements, les chaussures atterrissent sur le sol comme des oiseaux. On croit entendre le dernier bruit d'ailes. Solange a pour les siennes les yeux éblouis de Cendrillon. Je la crois prête à guetter le bruit du carrosse qui va s'arrêter devant la porte. Je suis le seul à ne pas m'extasier. Quelque chose gêne l'ouverture de mon émerveillement.

L'attente commence. Après la traditionnelle partie de p'tits ch'fos, il reste encore une bonne heure à combler. Notre père nous propose de jouer à la bataille, jeu de cartes souvent générateur de cris mais qui aura du mal à nous garder éveillés à cette heure tardive. Nous acquiesçons avec un bâillement coordonné. Nous, c'est ma sœur et moi. Nos sœurs jumelles et notre petit frère dorment depuis longtemps. Notre mère ne va pas tarder à regagner son lit.

Le jeu de bataille devient celui de la bagarre contre le froid, le sommeil et la nuit. Nous ne la voyons pas, mais nous la sentons derrière la porte. Une nuit d'hiver épaisse et lourde. Tout à l'heure il faudra la traverser pour se rendre à l'église. J'en frissonne à l'avance. J'abandonne le jeu de cartes, Solange me traite de lâcheur. Je me réfugie tout près de la cuisinière. C'est mon havre, mon cocon. C'est un peu moi qui la nourris en allant chercher le charbon dans l'écurie de Pompon, la jument de la commune. Ce soir, j'évite la montée de la venelle dans le noir, le seau à charbon est encore à moitié plein. Chacun de nous trois se trouve une occupation pour tuer l'heure qui reste avant de quitter la maison. Notre père agrippe son journal. Lui n'a aucun problème avec l'heure tardive. Son métier de boulanger a fait de la nuit sa deuxième compagne sans qu'il y ait rivalité avec notre mère. Solange a plongé ses yeux envieux dans un catalogue maternel où, à l'approche de Noël, des poupées irréelles et rêvées lui font de l'œil. Quant à moi, collé contre le four de la cuisinière, je m'imagine suspendu dans l'air à la manière des fakirs dans les contes modernes, faisant le trajet maison église sur un tapis-nuage enveloppé dans une couverture...chauffante !

Bzzz ! un nuage d'appréhension traverse la pièce comme un gros bourdon et vient frapper à la porte de mon cerveau endormi. D'où ma retenue tout à l'heure devant l'émerveillement familial pour les chaussures lustrées. Je regarde les miennes avec circonspection : impossible que j'aille à la messe de minuit avec ces souliers du dimanche qui ont le cuir mince et la semelle fine. Ce soir le froid me tétanise. J'ai froid partout, et surtout aux pieds. J'ai l'impression qu'ils enflent et que les engelures sont déjà en route. Or la perspective de la traversée du bourg dans le froid suivi de longs, très longs moments dans une église gelée à réciter des prières, me saisit déjà les pieds. Les psaumes et les cantiques, même s'ils sont de nature à sublimer le corps, ne vont pas les décongeler ! Or pas question de s'agiter sous l'œil scrutateur de frère Gildas chargé de gérer les bancs des garçons. Nous savons que les tapes derrière la tête ne font pas relâche en ce jour béni. Et les contrevenants au recueillement qui, par leurs rires ou leurs assoupissements casseraient l'ambiance, risquent même une vraie gifle. Debout ou assis, il faudra se tenir bien droit pour que nos âmes suivent le parcours balisé de l'élévation. Pas question de prendre un raccourci ou de faire la prière buissonnière. Et encore moins d'agiter les pieds comme un coureur avant le départ du cent mètres.

La dernière heure s'épuise et je m'épuise aussi, sans rien faire, à rêvasser et m'inquiéter au rythme du ronflement de la cuisinière. Les chaussons mous, tièdes et feutrés que j'ai aux pieds m'incitent à me laisser aller. Ceux-là sont à ranger dans la catégorie cajolerie au même titre que la cuisinière, le pantalon en velours-qui-gratte-pas, la brique chaude que je glisse le soir dans mon lit, et la bise de notre mère quand on est presque endormi. Au jeu des sept familles on dirait : dans la famille chaussons, je demande le fils ou la fille et hop on recevrait la bonne carte qui nous installerait aussitôt dans une nuée de bonheur. À chacun son élévation.

Mais en attendant, retour à la terre. Comment résoudre mon problème de chaussures ? Impossible de plaider le risque de souffrance, de geindre ou de grogner. Je ne ferai que renforcer les défenses de l'adversaire et recevoir en retour une leçon de morale digne des grands contemplatifs. J'aurai à comparer mon sort à plus malheureux que moi ou à ceux qui n'ont rien, même pas de chaussures à se mettre aux pieds. Mieux vaut contourner, activer mes capacités inventives.

Le charbon de la cuisinière ! Symbole de la corvée et de la peur, il peut maintenant m'être utile. « Papa, faut que j'aille chercher du charbon, y'en a presque plus dans la cuisinière. » Notre père écarquille les yeux. Noël est bien la soirée des miracles. Son fils qui, d'habitude, renâcle à assumer sa charge de porteur, fait preuve aujourd'hui d'une vigilance étonnante. Se rendre en pleine nuit dans le froid jusqu'à l'écurie où on entrepose le charbon ! Surtout ne pas décourager l'initiative : « Tiens prends la lampe électrique sinon tu trouveras même pas la porte. Et puis tant pis, enfile tes souliers sinon tu vas te tremper les pieds ».

Je rougis de raconter la suite. La nuit où tout n'est que contours et ombres est-elle plus propice aux turpitudes ? C'est avec une énergie sans nom, une volonté vrillée au pied de ma chaussure du dimanche que, le seau à charbon à la main, j'ai shooté dans le premier gros caillou de la venelle. Résultat au-delà de mes attentes ! Non seulement le soulier montre maintenant une grosse marque sur le dessus, mais il baille à l'endroit de la couture ! Temps de pause pour me parer du masque de la souffrance et de l'humiliation, enfin grossier maquillage des genoux avec poussière et charbon. Et voilà simulée une chute avant récolte de combustible. « Mais qu'est ce qui t'est arrivé ? s'est inquiété mon père. T'as pas mal au moins ? » J'ai raconté mon mensonge avec ce que je pouvais mettre d'émotion dans la voix : ma course parce que j'avais peur, le patatrac dû au caillou qu'en plein jour je savais éviter mais lààà, dans le noir!... Mon père encore: «heureusement t'as pas cassé la lampe!» Solange, elle, me regarde avec un air où se mêle agacement et suspicion. Ma sœur me trouve douillet et comédien.

Mais l'incident révèle rapidement un désagrément majeur: outre la dépense engendrée par la future réparation de la chaussure et le gros temps qui va planer un moment au-dessus du climat familial, impossible de se rendre à la messe de minuit avec une chaussure dans cet état, c'est ce qui se niche dans la tête de notre père: «Tant pis! tu n'as qu'à prendre tes brodequins. Mais c'est toi qui vas les décrotter et les cirer.» Dernier effort: garder sa concentration pour ne pas crier un youpi gaffeur. Subir la sanction infligée par le tribunal paternel avec tact: résolu mais sans empressement.

Jamais mes brodequins n'ont reçu de ma part autant de soins: décrottage avec la brosse à poils durs, épaisseur de cirage conséquente dans coins et recoins. Les lacets ont été ôtés, pour permettre à l'ustensile des applications de grande amplitude, sans contrariété. L'outil doit être libre d'emprunter les chemins de traverse ou de faire des zigzags. Puis mi-temps nécessaire au séchage. Je baguenaude dans l'angle de la pièce avec un regard distant sur la cuisinière. Sa chaleur maternante ne m'est plus nécessaire. L'opération cirage m'a réchauffé.

Il ne reste plus que la touche finale, faire briller le brodequin : frotter, astiquer sans peser. Ma main sera alerte et légère, résolue mais sans brusquerie. Car le godillot n'est pas de première jeunesse ! Son cuir ne peut cacher les marques de l'âge, de la fatigue et de l'usure. Malgré ma tendresse pour l'objet, qui m'accompagne avec fidélité dans mes courses, les sauts et toutes les prouesses que je m'attribue, parfois je le vois bien : il suffoque, demande grâce, voudrait bien se reposer. Et ce soir, voilà que je l'entraîne dans une sortie nocturne suivie d'un long temps de veille sous édifice gothique et religieux. Pour un peu, je lui offrirais bien une petite chansonnette pour accompagner les frottements enjôleurs de la brosse à reluire, mais père et sœur sont déjà bien assez troublés par mon comportement. Suit une histoire de puce que je ne dois pas mettre à leur oreille.

Un courant d'air glacé vient mettre un terme à mes rocambolesques ruminations. Notre père vient d'ouvrir la porte pour tâter l'air de la nuit. Brrr ! il fait froid. Il va falloir bien se couvrir. C'est du Tino Rossi ! Marcel prodiguerait-il ses derniers conseils au Père Noël ? Il ne faut surtout pas qu'il attrape du mal, dirait notre mère, ultra spécialisée en matière de maux innombrables sournois et indéfinis.

Derniers préparatifs avant immersion : manteaux, bonnet, passe-montagnes, moufles et bien sûr, chaussures aux pieds. J'ai enfilé mes brodequins comme si de rien n'était. Les voilà promus au rang de souliers du dimanche. Hop ! Une petite enjambée, les gaillards ont de l'entrain pour franchir le seuil. Un regain de jeunesse.

Ça y est, nous y sommes. Dans le frisquet, le glacé, le brrr, le glagla. Les cache-cols sont remontés sur le nez. Pour nous diriger, rien qu'une lampe électrique dans les mains de notre père. L'obscurité résiste. Les maisons sont toutes enveloppées de sommeil, peu décidées à dévoiler leur identité. Seuls par moments, un petit bout de lierre, une fourrure de mousse ou une lézarde sur un mur gris peut faire penser à.. attention où on met les pieds ! Les crottes de chien ne sont pas des vers luisants. Notre père alterne éclairage vers le haut, éclairage vers le bas. D'où une vision de la rue ponctuelle et tremblotante.

L'épicerie à côté de chez nous a fondu dans la noirceur. Seule la première marche de l'escalier extérieur qui vient de bénéficier d'un petit éclair de clarté, prouve que c'est bien là le temple du chewing-gum et du caramel mou.

Nous avançons avec précaution. Solange retient à grand-peine ses envies de courir en tête de cortège pour retrouver plus vite ses copines sur les bancs de filles. Notre mère dit souvent qu'elle aurait dû habiter dehors, elle y aurait été plus vite rendue ! Le noir de la nuit freine quand même ses ardeurs. Pour ma part ça fait des bruits de honte dans ma tête. Ça gigote comme la lumière de la lampe familiale. Mais mes pieds sont là pour me rappeler que grâce à mes brodequins, ils gardent une température tempérée. Grâce soit rendue à mes vieux compagnons !

Nos ombres marcheuses et emmitouflées sont vite rejointes par celles des autres familles. Tout le monde parle haut et fort, comme si les paroles pouvaient aider les lampes à percer l'obscurité. Par moments, une lueur furtive sur nos visages suivie d'un : ça suffit, donne-moi cette lampe, t'embêtes les gens. La nôtre ne quitte pas les mains paternelles qui en ont fini avec les mouvements alternatifs. Plus on approche de l'église, plus notre père devient intransigeant : gigotages et essayages c'est fini ! l'appareil doit avoir de la tenue : comme nos augustes personnes, nos ombres sont maintenant soumises au jugement populaire. Tout juste s'il nous laisse jouer aux devinettes : mais puisque je te dis que c'est le grand Gérard... mais non ! c'est son frère, Gérard a toujours les mains dans les poches, ou bien : tiens Monique !.. sûrement pas, Monique elle marche pas comme ça, elle trotte comme l'âne du père Henri.

Tout enveloppés de nuit, de silence et de froid. Voilà comment je commencerais ma rédaction si le sujet était : Racontez une promenade du soir avec vos parents. Je ne parlerais pas des conversations dans la rue. Je n'ai retenu que les intervalles. Le silence peut tenir chaud, comme une couverture. Je n'écrirais pas que notre mère a fait semblant d'aller se coucher, pour empaqueter les cadeaux que nous découvririons au retour de l'église. Ni que j'avais fait rire tout le monde à la messe de minuit parce que mes brodequins avaient fait clic-cloc, clic-cloc sur les carreaux de l'allée centrale. La cause ? les renforts en fer et en forme de lune que le cordonnier avait pointés sur mes semelles. Mon copain André me dirait plus tard en rigolant qu'on aurait cru que c'était les hauts talons de la fille Ferchaud qui arrive toujours en retard, en tortillant du derrière pour qu'on la regarde.

Non, assis à ma table d'écolier, je tiendrais un moment mon porte-plume en l'air pour saisir les mots dans le nuage de l'inspiration, avant de le tremper dans l'encrier. Étoile serait du voyage sur la page du cahier, avec sommeil et froid bien sûr, mais aussi main-chaude-de-mon-père pour le souvenir de ma main dans la sienne. J'ajouterais froissement de papier pour le bruit que ça fait quand on défait les paquets. Puis j'écrirais des noms communs, des noms propres,… sortis du dictionnaire reçu en cadeau, et devenu le compagnon de mes curiosités.

Mais surtout je m'appliquerais pour écrire : Avec deux croissants de lune qui tintent sous leurs semelles, ce soir, dans la nuit de Noël, j'ai mis des ailes à mes brodequins.

Il

se saisit des bavards
et des discrets
cherche des équilibres
avec les mouvements du cœur
crée des rafistolages
pour les yeux tout neufs.

PONTIFIER N'EST PAS JOUER

Tiens voilà la vedette. Notre père, ce fameux matin de juillet, parlait-il de l'homme ou de son véhicule ? Car la voiture, une Ford Vedette, venait de s'arrêter devant la maison. Et celui qui en descendait, notre oncle Lucien, dit tonton Lulu, était aussi à sa manière, une sacrée vedette. La langue bien affûtée, bavard impénitent. « Torjou la goule ouverte » disait notre grand-mère de ce cinquième enfant qui, quel que soit le sujet, avait toujours quelque chose à dire pour montrer son savoir.

Pas de pluie, un petit matin d'été tout frais tout vif, comme nos jambes d'enfants qui trépignaient sous la table du petit déjeuner. L'activité de notre mère était en vitesse accélérée. Cuisine chambre souillarde escalier puis rechambre et recuisine. Elle ne savait plus où donner de la tête. Ses enfants souhaitaient pourtant qu'elle la garde bien vissée sur son cou. Nous avions tellement besoin d'elle! À son frère Lulu qui venait de déclamer: Tu quoque fili! en imitant César mourant parce que notre petit frère lui avait pincé la jambe, elle répliquait: « Commence pas à dire des bêtises, gardes-en un peu pour plus tard. » Mais c'est avec un sourire aux lèvres qu'elle continuait sa course. Elle adorait ce frère plein d'à-propos et tellement cultivé! Encouragé par ce sourire il en rajoutait aussitôt. Il grimpait sur le rebord de la cheminée, remettait en place d'un geste majestueux, une toge imaginaire et déclarait: Sol lucet omnibus. Mère courage obligée de rire!

Notre père, lui, était vissé sur sa chaise. Son rôle? très délicat. Accueillir notre hôte avec tous les égards dus à sa personne et au service rendu: transporter toute la famille pour passer la journée à la mer. Sa mission matinale nécessitait donc un effort double: contenir le flot de paroles du convive sans le brusquer et maintenir dans l'air le minimum de tranquillité nécessaire à la concentration de sa femme. Il avait pris son costume de jongleur. Pas des balles de couleurs mais des paroles parfumées aux embruns: plage, galets, baignades, pâtés de sable, des mots qui captent les enfants, mais qui les excitent aussi. Alors il tentait l'équilibre avec une liste de mises en garde : attention aux coups de soleil, aux rochers coupants, aux courants marins, à la marée montante, au risque d'hydrocution, aux rouleaux, aux vagues déferlantes. Puis à son beau-frère : tiens Lulu, reprends donc un peu de café.

Le tonton était reparti. Debout maintenant, avec son bol de café dans la main, il abondait, il foisonnait… en études des phénomènes atmosphériques ! Ne venait-il pas de frôler le calendrier et les horaires des marées. Et notre père n'avait-il pas malencontreusement évoqué l'influence de la lune ! *Ô sancta simplicitas* ! il s'en repentait maintenant. Essayait de retirer à lui la couverture du débat. Peine perdue. Le monologue à coulisses était reparti. De la mer à la lune, de la lune aux planètes. À cheval sur un fougueux énoncé de preuves, tonton Lulu défendait l'hypothèse du double mouvement des planètes sur elles-mêmes et autour du soleil. Prince de la dialectique, il créait dans l'espace des formes visibles pour défendre le traité de Copernic. Sursaut de notre mère éloignée de la conversation. Elle se demandait comment, avec un invité en plus, on allait pouvoir tous tenir dans la voiture. « Ma grande sœur préférée, disait l'oncle en l'entourant de ses bras, te m'fras torjou rire. » Instant de partage, d'émotion, de langue, car trilingue était le tonton : le français pour l'usage courant, le latin pour les déclamations, le patois vendéen pour le rire et la complicité. Ces quelques mots avaient aussi valeur de réveil et de retournement. Il fallait partir : bon, bé asteur, o fodrait p'tèt qui mettions les gaz, sinon o lé pa le soleil q'iallons voér o lé pluto la lune !

La suite ? En tête de ma filmographie familiale.

Aussitôt sonné le clairon du départ, l'essaim des petites abeilles de la maisonnée, shorts et robes d'été soigneusement lavés et repassés, se précipite dehors. « Attention à ne pas vous salir » vrombit la reine-mère qui défend son ouvrage. Notre père a beau lui dire que cinq enfants qui partent pour une journée à la mer, ont besoin de bouger leurs ailes, rien n'y fait. Elle nous obligerait presque à nous tenir au garde-à-vous pour la revue des tenues de plage. Nous concédons trois demi-secondes d'arrêt dans nos courses, et donnons suite à nos élans : pagaille et chamailleries pour être les mieux placés dans l'auto. Tonton Lulu intervient alors avec sa voix de maître de chapelle. L'effet de son *chi va piano, va sano* est immédiat. Cinq gosses qui écarquillent les yeux et les oreilles parce qu'ils n'ont rien compris au texte, ça crée un arrêt dans la mêlée. Notre mère, elle, est admirative. Quelques mots en o et c'est le calme dans la marmaille. Décidément son frère a de la classe !

Têtes penchées, paniers pour le pique-nique dans les mains, nos deux parents lèvent les yeux, comme pour répondre à un appel. La galerie de la Vedette… surchargée ! Pelle, fourche, râteau entremêlent leurs manches, et partagent grossièrement la surface du toit avec d'autres outils. Il y a même une brouette ! L'oncle bâtisseur explique que c'est pour construire un très-grand-château-de sable. Notre père railleur : t'as pas oublié les sacs de ciment ? Notre mère décontenancée, prend quand même sa défense : laisse-le donc, il a sûrement son idée… Solange et moi sommes plus inquiets. Installés à l'arrière de la voiture avec nos deux sœurs, nous avons les pieds sur d'autres outils : équerre, tamis, marteau, mètre à ruban…

La distance jusqu'à la mer n'est pas bien longue, mais suffit pour vanter les mérites de la Ford Vedette de 1951. L'oncle décline en termes hautement techniques ce qui fait de ce véhicule à quatre roues la championne toutes catégories des voitures de tourisme. Notre mère salue poliment les performances évoquées, mais demande au chauffeur de ne pas oublier la route, c'est toute une famille qu'il transporte. Teuf-teuf de ralentissement dans le dernier sommet de côte, petit coup de klaxon pour le lever de rideau, et cinq voix enfantines qui crient « la mer, la mer, on voit la mer ! » Tonton Lulu est pardonné. Sa sœur le regarde comme l'artiste venant de dérouler une splendide peinture marine !

La mer a cet effet magique qu'elle peut transformer une famille en petites fourmis rêveuses. Sitôt le pied posé sur le sable, chacun porte son regard sur cette grande étendue de bleu et ses franges d'écume. Chaque vague semble porter un songe de la veille. Petits et grands se laissent aller, flânent avec leurs yeux, effleurent le paysage avant de s'y jeter. Mais notre guide ne l'entend pas de cette oreille. Il a déjà repéré l'endroit où nous allions installer le chantier. Il faut débarrasser la galerie et transporter les outils jusqu'au campement. La tête dans la lune et le nez au soleil, personne ne bouge. Alors tonton Lulu appelle les poètes à la rescousse. Ils parlent par sa voix.

Baudelaire est en tête de file : Homme libre toujours tu chériras la mer ! Sans avoir le temps d'apprécier l'étendue de sa liberté, notre père se retrouve avec une fourche et deux pelles sur les bras. Puis, François Coppée. C'est à moi qu'il s'adresse : J'étais assis devant la mer sur un galet ! manière de m'inciter à me relever du caillou où j'ai posé mes fesses… Notre mère, pour sa part est encensée par Victor Hugo : Réponds ô toi que j'admire / D'où vient que mon cœur soupire ? Il vient de lui mettre le pique-nique dans les mains. Subjuguée par ce frère capable de passer en quelques minutes du carburateur à Victor Hugo, c'est à peine si elle sent le poids des paniers au bout de ses bras. Le poète encore : Quand ton regard aux étoiles/semble cueillir des rayons. Les pieds de notre mère ne touchent plus terre. Son mari soufflant, transpirant, lui, fait la tête. Sa lourde charge dans les mains, il se souvient de quelques vers de La Fontaine d'un autre genre : Et à ces mots on cria haro sur le baudet !

Attirail posé, habits pliés-rangés-posés, maillots de bain enfilés, et hop ! la marmaille s'éparpille. Le déjeuner aura lieu plus tard sous les pins qui bordent la plage. Temps libre pour ouvrir l'appétit. Par où l'entamer ?

Les jambes vont plus vite que la tête. Sable sec-sable mou. Courses dans tous les sens pour éprouver la matière. Poches d'eau où on joue à pas-le-droit-de-s'arroser : cris, rires, fâcheries, bouderies, on recommence. Marée basse, plage immense, le soleil est à la fête. Déjà haut et chaud, il se glisse dans notre ronde.

L'arrivée de notre oncle au milieu de notre joyeuse bande froisse un peu la page. Ses pelle, brouette et râteau ont du mal à s'intégrer à notre chahut aquatique. Il invite au rassemblement : Bon, maintenant les enfants, nous allons... Mais hop ! le petit dernier lui passe entre les jambes ! Ce qu'il faudrait c'est... les deux jumelles sont dans la brouette ! dis tonton, tu nous pousses ? Il n'a pas le temps de répondre, je bondis dans une flaque. Le chef de chantier se ramasse son lot d'éclaboussures. Alors il va, il vient, il vaque, commence à creuser dans le sable avec l'énergie du bédoin surpris par la tempête. Mais sa tactique parait plus proche de la mouette déroutée que du cormoran méthodique. Solange grimpe avec nos sœurs sur le premier tas de sable destiné à la fondation du futur château grandeur nature. Elle mime le soldat en haut de sa tour, râteau sur l'épaule et chante. C'est le chevalier du guet / compagnons de la Marjolaine. Protestation du concepteur. Embrouillamini dans l'explication de son projet : Tonton Lulu emploie des mots bizarres pour accompagner le maniements du mètre-ruban et de l'équerre. Lignes de force croisent soutènement. Étayage fait un bout de route avec Future Charpente. Pelle et râteau inutiles dans nos mains, nous ouvrons des yeux grands comme des tamis. Pose de l'argumentation pour récupérer quelques bois de mer, mais Stockage fait un bide, tonton part tout seul avec sa brouette pour récupérer des bois de mer. Tentative d'agencement. Moment d'équilibre. Frémissement de l'assemblage. Puis splash ! Écroulement. Les deux premières tours retrouvent leur état initial, bois de mer et sable mou enchevêtrés. Cris et rires de la bande de gosses. Tonton contrit, enfants ravis.

Depuis le carré de sable où elle se trouve, notre mère assiste à la scène finale. Les cinq enfants entourent maintenant son frère en hurlant. Elle connait. C'est la danse des sioux que son fils aîné a maintes fois essayé de mimer dans la cuisine. Moyen-Âge et Far West qui se chevauchent, il y a mélange des époques. Et l'oncle attaché au poteau de torture par ses neveux… l'aspect pédagogique lui échappe. Notre père, lui, n'a pas bronché. Tout sourire, il propose son aide pour installer la nappe du pique-nique. Tout ragaillardi par l'échec de son beau-frère, il s'applique, tire par petites secousses sur ce gros drap en coton hérité de la tante Adeline. Beau parleur, piètre joueur, dit-il à la cantonade. Sa femme ne le contredit pas.

Ombres chaudes, poulet froid. Notre mère distribue le pique-nique. Murmures de la mer et bruits de succions cherchent un accord. Entre deux bouchées, l'oncle trouve quelques rimes pour y répondre : la mer au loin / qui se devine / l'odeur des pins / les saveurs fines. J'ajoute une suite dans ma tête ; Et un tonton / qui nous bassine. Mais il en faut plus pour le décourager. Sous nos yeux stupéfaits, il sort de son bagage un gros livre, *La France à travers ses châteaux*. Craignant aussitôt le sabotage par ses enfants, notre mère sort de son chapeau de plage l'argument majeur : « Si vous voulez vous baigner tout à l'heure, il va falloir rester tranquilles. N'oubliez pas, il faut attendre trois heures pour que la digestion se fasse. »

Maintenant que nous sommes assis et muets, tonton Lulu va pouvoir va remplir nos petites oreilles des faits et récits de ces grands édifices qui ont jalonné notre pays. Pour celles de notre père ce sera : *Do not disturb*. Il s'installe pour la sieste.

Nous cédons au ton professoral du récitant, prenons des poses de berniques. Collés au rocher de l'omniscience, nous pénétrons dans le labyrinthe des savoirs historiques. Car le temps des châteaux n'était pas seulement celui des princesses et des gentils crapauds, dit l'oncle en exergue. L'histoire abonde en récits de guerres, tortures diverses et variées, traîtrises, fourberies, alliances, mésalliances, massacres qu'il nous sert avec délectation. Nous apprenons que Barthélémy n'est pas seulement le prénom de l'ancien voisin de la ferme du Brandais. C'est aussi un prénom funeste quand il est précédé de saint. Les jumelles sont inquiètes, elles regardent leur mère comme si elles voyaient Marie de Médicis.

Mesurant alors le risque d'orage dans le ciel de leurs yeux… Revenons à nos citadelles et forteresses, dit le clerc de l'histoire. Haute-cour, murs d'enceinte, fossés, courtines, tours de guet, bannières, donjons, se bousculent aussitôt pour entrer dans la masse nerveuse de nos cerveaux en devenir.

Évincés, ponts rigoles tunnels creux bosses petits tas. Terminés nos fastueux éphémères et nos pâtés. Finis les substantifs de l'enfance et du bord de mer. Place au sérieux et à la culture ! Notre mère sent notre contrariété mâtinée d'ennui devant le discours pontifiant de l'orateur. On dirait un jardinier qui ne sait pas parler aux fleurs. Elle lui demande de faire une pause.

Il se retourne et fait quelques pas. Les aiguilles de pin collées au derrière de son maillot de bain en laine nous arrachent quelques gloussements. Mais nous restons figés, dans l'attente d'un vrai sauvetage. Qui va venir poser des couleurs sur notre morosité ? L'oncle se rassoit, son gros livre sur les genoux. Nous craignons cette séquence de reprise de souffle. Ne risque-t-elle pas d'augmenter sa capacité respiratoire ? Mais le coureur de fond glisse tout doucement. Son dos s'arrondit. Sa position assise tend vers l'amollissement. Le livre se sépare du lecteur avant de glisser à son tour. Petits ronflements, puis gros bruit de turbine. Écrasé de langueur par son propre discours, tonton Lulu s'est endormi !

Puis c'est comme un phénomène astronomique rare entre deux planètes. L'une s'assombrit, l'autre s'illumine. Notre père s'étire. Fin de sa sieste et… de son impotence face à son beau-frère. A-t-il, dans ses derniers rêves, traversé les terres de la rédemption? Son visage est radieux et rempli de cette malice que, parfois, nous lui connaissons. L'index sur la bouche pour nous inviter à nous taire, il se saisit du râteau de l'oncle, le renverse et saisit le manche. Puis dans le même élan il attache sa serviette de table aux dents de l'outil. Ignorant alors les gestes de notre mère qui signifient, tu vas la chiffer. Il prend l'attitude martiale du chef paré pour le combat. Et convoque sa troupe à voix basse: allez les enfants, prenez vos pelles et vos seaux, on part pour l'aventure. Et hop! nous voilà aussitôt debout. Marins et petits mousses, nous suivons notre Francis Drake. Il a déjà gagné notre reconnaissance. Sans bruit, il nous éloigne du raseur.

Quand nous sommes assez loin, notre chef-corsaire prononce des mots que nous pouvons comprendre: On va construire un bateau ensemble. Un grand, un solide, parce que la mer monte. Et tous de nous précipiter autour de lui et d'agiter nos seaux et nos pelles en signe d'un accord sans restriction. Le premier tas de sable figurant l'avant de l'embarcation est aussitôt équipé du drapeau-serviette de notre père. Ce sera notre fanion, celui de la créativité de nos âges, de notre fantaisie inventive, de la spontanéité de nos jeux.

Dans l'espace retenu pour notre œuvre collective, notre père se hisse à hauteur d'enfant. L'œil vigilant, des phrases sans emphase, il oriente, il encourage, il apaise. C'est que, dans nos mains, le râteau est vif, la pelle énergique. Assoiffés de sel et d'eau, nous transportons, déversons, délayons, le tout ponctué de quelques ploufs, volontaires ou maladroits. L'avant du bateau se veut un mur contre les vagues qui s'avancent, s'échouent de plus en plus près. Il faut relever, colmater. On glisse encore dans l'eau. Notre guide dirige sans imposer. À bord du bateau-sans-nom, il n'y a pas de science de l'équipage, d'évaluation des potentiels. Notre père nous aide simplement à saisir nos chances de rester ce que nous sommes, êtres joyeux sur un atoll d'entraide et de soutien. La dernière vague détruit l'ensemble de ce que nous avons construit, elle n'entame pas l'ardeur de nos audaces, ni les liens de notre groupe. Le tout finit par la baignade. Cris, arrosages, plongeons depuis les épaules de papa. Les corps exultent, les esprits s'ensoleillent.

Depuis son poste de veilleur, notre mère n'a rien perdu du spectacle. Cet homme qui parfois la chagrine mais souvent la fait rire, est rempli d'enthousiasme et de liberté. Il aime jouer et s'amuser avec ses enfants, même quand ils sont petits. Tous ont frotté leur fond de barboteuse sur ses genoux au rythme des comptines et des berceuses. Sur le pont d'la marguerite/il y avait un boulanger, dit la chanson. Et sur la plage de Saint-Martin-de-Brem aujourd'hui, notre mère a le sien, qui mélange si bien fantaisie, fraîcheur et simplicité pour pétrir ses élans.

Tonton Lulu a rejoint le groupe. Pèlerin errant au milieu des éclaboussures. Esprit guindé sur un manège de gerbes d'eau. Ses tentatives pour se mêler à la fête aquatique butent sur son trop-plein de sérieux. L'océan lui fait la tête. Nous le boudons un peu.

Au kilomètre deux. C'est peut-être ce qu'aurait dit Georges Briquet le commentateur du Tour de France pour préciser que c'était juste après le départ de la plage. Mais ce merveilleux moment méritait d'autres mots, notre père s'est mis à chanter dans la voiture. Tout doucement d'abord, bouche fermée, il a fredonné quelques notes de *Sous le ciel de Paris*, la chanson préférée de notre mère. Les premières paroles sont arrivées quand elle s'est retournée et qu'elle l'a regardé en souriant. Alors la voix de notre père s'est amplifiée pour prononcer : s'envole une chanson… Même vitres fermées, le cœur de notre mère s'est envolé avec elle. Quand il a commencé *Le temps des cerises*, leurs voix se sont accordées. Oubliés, pelle, râteau, sable dans les sandales, enfants, tonton, coups de soleil sur le bout du nez. Maman était aux anges. Secrètement, nous espérions que notre père n'allait pas entonner sa troisième chanson préférée. Car c'est sûr, en arrivant à la maison, ils allaient grimper sur la table de la cuisine et danser *La plus bath des javas*. Nous n'étions pas près de dîner.

Il

nous fait sortir de l'ombre
comme nos héros
traquant sous le soleil brûlant
les mystères de la rue.

L'HEURE DE LA SARDINE

Elles sont trois. Trois mouches collées contre le rebord de la fenêtre. Après avoir parcouru la vitre avec des petits mouvements secs puis s'être immobilisées comme les heures de ce très long et très chaud après-midi d'été.

Je m'ennuie. C'est mon premier jour de vacances. Je regarde mes ongles sales. Compare leur noirceur avec celle des mouches. Je rapproche un doigt. Le jeu est de le tenir le plus près possible avant qu'elles s'envolent. Ça dure peu. Les mouches s'échappent à l'autre bout de la cuisine. Se collent contre une autre vitre. Je tire ma chaise pour me coller contre ma mère, pétris sur mon visage la figure de l'ennui : lèvres en demi-lunes chutant vers les abysses, sourcils épatés, nez pitoyable.

J'sais pas quoi faire ! Voilà, c'est lancé. Sur le ton lugubre qui convient à un enfant dénué de la plus petite idée de jeu ou d'activité aux premières heures des grandes vacances et jetant au gré d'une mère aimante un appel désespéré.

Tiens, t'as qu'à m'aider à écosser les haricots. Horreur ! Conséquence d'une pensée distraite. Concentré sur mon ennui, j'ai totalement oublié le paysage qui entoure ma mère : une chaise sur laquelle elle est entièrement assise (ma mère reste souvent assise sur le bord des chaises comme des conversations), une table, et sur la nappe à petits carreaux, une montagne de haricots demi-secs à écosser ! J'aurais pourtant dû me méfier. La torpeur de cet après-midi d'été convient tout à fait à ce genre d'activité qui nécessite un minimum de gestes et d'attention. Parlons-en d'attention : que je n'aie pas vu, soit, mais que je n'aie pas entendu le bruit des cosses de haricots éventrées par ma mère, voilà une négligence impardonnable.

Une seule issue, une fuite immédiate et ordonnée. On commence par rassurer l'adversaire, mine insouciante à défaut d'être réjouie, on n'est pas troublé par la proposition. Puis on arrondit les traits, les joues reprennent du volume et le front se teinte d'un léger voile, signe extérieur d'une idée venue émerger là, sous lui, le front : Faut que j'aille voir Jean Poiraud il m'a promis des illustrés.

Gagné ! Aucune réticence dans le visage maternel. Je crois même y distinguer cette douce lumière propre aux mères pleinement rassurées. Alors que les quatre autres enfants sont tous occupés dehors, celui-là ne va pas rester dans son giron à geindre et à mimer les symptômes de la neurasthénie ! Et puis Jean Poiraud, c'est le sésame pour s'éloigner du domicile familial, un garçon tellement tranquille, et qui habite tout près de la maison… Deux trottoirs à descendre, une seule rue à traverser et hop on y est. Au pays du malheur fréquenté mille fois par jour par les mères anxieuses, les risques d'accident pour aller chez Jean Poiraud ne sont pas plus gros que la tête d'une mouche.

Ainsi j'abandonne ma mère, coincée entre insectes ailés et troupeau de haricots blancs et je saute dans la rue. Quatre ou cinq cailloux poussés dans le caniveau tout sec du bout de ma sandale, quelques centaines de pas sous un soleil plombant, j'atteins le havre de ma fuite. Inutile de frapper. À cette heure-ci Jean Poiraud est seul dans la maison. Le tout est d'atteindre la poignée de la porte et de pousser d'un coup d'épaule. L'hiver, pour cause de faiblesse, le visiteur peut s'acharner en vain et geler sur le seuil. Mais à cette saison, le bois est sec, petite poussée vaut grand effet. D'une pichenette de l'index, je rentre.

Chez les Poiraud c'est : bienvenue au royaume des ombres ! longs couloirs sans ouverture, fenêtres du salon obstruées par des rideaux épais, meubles lourds et sombres, pendules aux balanciers mats. Je me déplace à la manière d'un aveugle sans chien ni canne, au toucher : le rugueux pour les murs du couloir, le lisse et humide pour la tapisserie du salon, le rien au franchir de la porte béante de la cuisine, le froid de la cuisinière en fonte, la rondeur d'une grosse potiche aux fleurs plastico-géantes. Son précieux contournement annonce la bonne direction à prendre pour atteindre la chambre du fils. Je plie le bras avant de frapper mais bloque un instant ma main. Un souffle de mystère passe sous la porte. De l'autre côté on énigme on feuillette on angoisse on suspense on tourne la page on dénoue on pose on dépose on souffle on dessouffle. Quand ma main se libère de tous ces effets je frappe d'un coup léger contre le chambranle. Il ne s'agit pas de contredire le silence ambiant d'un toc-toc impertinent.

Jean Poiraud, gardien du temple de la BD, est vautré dans un album de Tintin. Au moment où j'essaie de déchiffrer le titre, Tintin au pays de...il pose le livre et me regarde avec un regard aussi guilleret que celui de la momie dans *Le Sceptre d'Ottocar*. Puis, sans doute pour sacrifier quelques secondes au rituel du babillage et de l'élégance, il me grommelle un bjjourrr de fond de gorge avant de se replonger dans son album. M'a-t-il reconnu ou confondu avec le Professeur Tournesol ? sa présence muette et massive, sa tête carrée avec, au sommet et sur les bords quelques frisettes batailleuses, évoquent dans cet instant le bison prêt à charger le chasseur imprudent. Poussé par cette corrélation inconsciente, je me dirige alors vers l'angle de la pièce où séjournent par centaines les BD que je préfère. Oh ils ne sont pas vaillants les illustrés de Blek le Roc, Kit Carson et autres figures imaginaires du Farwest, entassés dans des cartons, défiant les lois de l'équilibre sur les meubles, ou gisant sur le sol, souvent froissés dépliés, pages écornées. Mais il s'en dégage une odeur qui rassure. Celle du papier qui a vieilli et résiste comme les histoires qu'ils racontent. Je me trempe dans leurs pages poussiéreuses, quitte à m'y noyer.

Silence, concentration maximale, presque du recueillement, chacun dans son bout, tous les deux dans la pièce, presque en apesanteur, Jean et moi consultons nos mondes sans qu'ils se croisent. Comment imaginer qu'un membre de la police montée, dans le rouge clinquant de son uniforme puisse, au hasard de ses chevauchées dans les grandes forêts canadiennes, rencontrer une Castafiore faisant ses gammes ou les Dupond et Dupont faisant leurs gaffes ? Il flotte dans la chambre des images auxquelles chacun de nous s'attache et voyage dans le scénario qu'il s'est choisi. De temps en temps l'un de nous deux lève la tête comme pour s'assurer que l'autre est encore là. À peine un clin d'œil sur le réel qui nous entoure. Que valent le figé des murs et la banalité des mots contre le bond des images et des bulles de nos livres ?

Mais une mouche vient casser l'ambiance, aussi importune que ces élégantes du dimanche qui tacatacatac sur les carreaux de l'église, arrivent en retard à la messe. Pour la mouche aucune volonté de se faire remarquer, pas de chichis hautains ni stratégiques, mais un bzz-bzz à énerver nos épidermes.

Jean Poiraud part dans la cuisine pour une croisade contre quelques tartines beurrées. Quant à moi, je ramasse à la volée une poignée d'illustrés accompagnés d'un tu me les prêtes je te les rends demain. Et la tête remplie jusqu'à ras-bord d'aventures rocambolesques, le corps pétri d'allures épiques, j'inverse mon itinéraire dans la maison des Poiraud : chambre-potiche-cuisine-couloir-seuil, mais à la manière d'un shérif en alerte : à reculons, la main contre la poche, prêt à dégainer mon revolver, à l'image de la tante Huguette, dont les délires paranoïaques l'obligent à des tours de garde pour surveiller ses épingles à linge sur le fil. Des yeux, dit-elle, faut en avoir derrière autant que devant.

Dehors une chaleur assassine ! Un vrai désert du Texas ! cœur et tension des nerfs mêlés, j'emprunte le geste de Kit Carson qui, avant de décider de la direction à prendre, relève le bord de son chapeau. Puis, largeur, longueur, hauteur, j'ausculte la rue pour évaluer le danger. Quelques tourbillons de poussière devant l'épicerie de Louise Audureau, la silhouette mouvante d'un chat sur les carreaux des halles, rien puissance trois à l'angle du cinéma Rex. Tout est silencieux, opaque, inhabité. Les ombres peinent à s'étaler. Pas le moindre courant d'air pour se rafraîchir. Deux papiers gras avachis sur la marche du café Chez Tintin voués, semble-t-il, à une stagnation pour l'éternité.

Mais soudain, les cris de deux hirondelles qui se poursuivent. Aussitôt, comme pour leur répondre, des volets s'ouvrent. Ceux de la Germaine Guignard. La porte de Chez Tintin suit aussitôt. Un premier officiant du lieu enjambe les deux papiers gras. Et d'un pas peu sûr, va se poser sur le trottoir d'en face dans une rayure d'ombre. Deux autres empruntent le même itinéraire en piétinant les papiers gras qui se collent à leurs chaussures. S'ensuit un drôle de ballet : des jambes qui s'élèvent. Un temps d'apnée pour la recherche d'équilibre et une série de jurons à faire rougir une grenouille de bénitier. La pose des pieds auxquels s'accrochent les papiers gras tient de la totale improvisation, mais finissent par se fixer. Position d'attente maximale. Je gratte mon menton tout lisse. Que se passe-t-il ? les trois clients du café ne se sont pas extraits de leur réduit embryonnaire sans qu'une raison supérieure ne les ait incités à traverser la rue avec cette chaleur. Et pour grossir mon intuition, une autre série de volets et de portes s'ouvre, se met à jouer la symphonie des ouvertures avec grippages et grincements.

Bientôt, tous les yeux des maisons du bourg s'écarquillent et sortent de leur sommeil. Leurs habitants suivent avec cette lenteur attribuée initialement aux gastéropodes inquiets. On se croirait dans les minutes qui précèdent l'enterrement d'un dignitaire du canton. Manque plus que Pompon, la jument de la commune, qu'on aurait attifée des ornements d'usage. Un frisson parcourt mon dos qui suinte sous le soleil. Le suspens est entier, le duel final est tout proche. J'endosse la folie de la confrontation : Kit Carson seul contre une horde de bandits hirsutes et sanguinaires. Qui vont forcément apparaître dans le nuage de poussière que j'aperçois au bout de la rue. Dans un même mouvement choral, tous les regards s'y dirigent. Le scénario de cette attente insupportable est à puiser dans les films déconseillés par l'Office Catholique du Cinéma, pour cause de violence barbare.

Mais ce n'est pas le hennissement des chevaux ni les voix enragées de leurs cavaliers qui émergent de la vague exubérante de mon imaginaire, mais l'appel sonore et rageur de deux klaxons. Aujourd'hui mardi. Les deux poissonniers de La Mothe sont allés à la criée des Sables d'Olonne pour se pourvoir en sardines et ont entrepris une course effrénée pour être le premier à leur point de vente. Rugissement des moteurs. Freinages retentissants. Gueulements maintenant ininterrompus des klaxons. O m' vrille la tête ou O m'éturbole! dirait ma grand-mère dans cet instant T de l'affrontement. Les chats du quartier dorment encore, une enquête minutieuse du père Souquet le garde champêtre est à pressentir.

La suite du phénomène répond scrupuleusement au rituel des poissonniers: soulèvement de la bâche au derrière du véhicule, abaissement brutal du hayon, glissement intempestif des cageots de sardines sur le support. Et aussitôt les appels tonitruants des deux poissonniers pour attirer la clientèle: Elle est belle elle est belle ma sardine, la sardine sablaise la bèèelle! montent au-dessus des voitures et se croisent dans l'air. Commence alors la ronde des acheteurs. Ceux qui ont leur vendeur attitré s'octroient les premières places. Tandis que, par-dessus les épaules serrées devant les étalages, les hésitants essaient de plonger leurs yeux dans l'œil mort des sardines. Leurs va-et-vient incessants agacent et par-dessus les petits poissons argentés de la mer ce sont les noms d'oiseaux qui pleuvent !

Dans ce brouhaha, je cherche la silhouette de ma mère qui aurait dû arriver la première devant l'étal de son poissonnier, puisque la vente a lieu a deux pas de chez nous. Mon père adorant les sardines, elle ne manque jamais d'en acheter. Notre voisine, madame Morin est bien plantée au derrière de la voiture. Mais pas de mère pour ragoter sur la troisième voisine avec laquelle elles sont actuellement fâchées. Les échanges de proximité dans le bourg de La Mothe sont composés d'alliances et de confrontations. Et comme dans les tournois de football, le gain du match se fait par élimination directe. Mais dans l'état actuel des disputes entre voisines, rien ne justifie l'absence de ma mère. Il n'y a plus qu'à aller voir dans la maison.

Autre signe de bizarrerie, la porte est fermée. Je la pousse avec un empressement mêlé d'appréhension comme Hansel et Gretel devant la maison de sucre. Bien à l'abri des cris de la rue, dans la pénombre ambiante, ma mère est toujours assise à la même place. Préposée devant l'Éternel au dépouillement des demisecs, le nez en l'air, elle ouvre machinalement les dernières cosses. En tombant, les haricots, demi-astres blancs, font un bruit clair sur les bords du saladier. Ma mère est une lune, elle a quitté la terre, partie pour un voyage dans le firmament. Elle ne m'a même pas entendu rentrer.

Chaleur, nuages de poussière, Kit Carson, barbes et sueurs funestes, rue du bourg dans la tension d'un duel, cris des vendeurs de sardines, puis une mère dans la lune. Dans cet après-midi de toutes les distorsions, mon âme d'enfant se fatigue et s'alanguit. Je pose ma main et ma joue sur le bras maternel. Un minuscule courant d'air nous frôle. Plus de jeu, plus de lecture, que la douceur du toucher et ma tendresse pour un astre.

Il

garde les yeux mouillés
ferme la maison
ombres et regrets
rangés en petits tas
avec les vieux jouets.

DÉBAUCHE DE MALENTENDUS À L'EMBAUCHE

Est-ce que tous les matins sont des pages à écrire ? certains plus que d'autres ? Celui d'aujourd'hui, clair et plutôt froid est une page blanche qui attend les premiers signes d'écriture. Tendue, sans la moindre pliure, elle s'offre au destin, qui, tel un oiseau, s'est emparé du ciel pour suivre ce qui se passe en bas. D'un coup d'aile ou de bec, il pourra conseiller, inciter, réorienter ou provoquer quelques ratures.

L'homme qui, ce matin, a sa page à écrire est emmitouflé dans une canadienne. Il porte aussi des gants pour protéger ses mains qui tiennent le guidon d'un véhicule à moteur. Si vous lui dites qu'il se déplace sur une mobylette équipée d'un moteur de 43 cm^3

d'une puissance de 0,4 cv, avec un allumage d'éclairage par volant magnétique, dispositif spécial pour débrayer le moteur, il hausse les épaules avec dédain parce qu'il s'en fiche. La mobylette n'est pas à lui. Prêtée par un copain avec lequel il partage assez régulièrement quelques parties de cartes.

Cet homme est notre père. Ses pensées sont autres que celles d'un passionné de moteurs. Il vient de quitter le bourg de La Mothe-Achard. Il se rend à la Roche-sur-Yon pour répondre à une promesse d'embauche, après la fermeture de la coopérative de boulangerie où il travaillait depuis trois ans. Faire l'affaire, nourrir une famille avec cinq enfants, déménager, vivre en ville, trouver un logement... sont sans doute quelques-unes des phrases qui tournent dans sa tête. Elles tournent en boucle, s'étirent, se rétrécissent, s'écrivent en majuscules, ou baguenaudent en désordre.

Heureusement les pensées sont aussi pleines de malice. D'un petit coup sec elles peuvent sortir de leur grenier à soucis et aller se rafraîchir. Ptt ptt ptt! sa mobylette peine dans la grande côte qui longe le château de l'agriculture. Et le bruit du moteur lui rappelle une autre scène pétaradante! Celle de l'oncle Maurice et de sa mésaventure dans la venelle avec sa voiture.

Les lèvres du motocycliste s'étirent malgré le froid qui fige. Les images qu'il se projette dans son cinéma intérieur défilent et le font sourire. Scratch final du bas de caisse de la Juvaquatre : son rire fuse comme le nuage de gaz sorti du tuyau d'échappement de la vieille voiture !

Quelle part d'enfance a-t-il gardée pour se mettre à rire de cette histoire alors que la mobylette prêtée par son copain le projette lentement vers un rendez-vous crucial ? Car maintenant il rigole de bon cœur l'ouvrier boulanger en route pour trouver du travail. Il libère cette part de jubilation qu'il a dû retenir devant femme et enfants pour ne pas vexer son beau-frère. Cette façon de retourner dans sa tête certaines situations du quotidien, de retenir des gens le côté drôle de leur personnage tout en les respectant, fondent son caractère. Aujourd'hui cette capacité vient naturellement à la rescousse. Le réservoir de joie que ça lui procure lui permet de supporter certaines contrariétés et de mieux affronter les duretés de la vie. Quand les contraintes s'accumulent et que le canevas de l'ordinaire impose rigueur et sévérité autant y coudre quelques fantaisies. Comme métaphore de cette attitude, notre père se met à faire des zigzags sur la route en chantant.

Ici, le destin joue son rôle de gendarme et remet la mobylette dans son axe de raison. Il s'agit de faire bonne figure devant le futur éventuel patron et une bonne figure, c'est sans bosse ni sparadrap ! Il bougonne. Il n'aime pas qu'on lui dise ce qu'il doit faire, et puis un peu d'amusement ne fait jamais de mal, ça met en forme, tout ce dont il a besoin pour son rendez-vous. S'ensuit une lutte intérieure père-destin où ce dernier convoque les gardiens du bon sens et du discernement. Assis comme à l'école, père évite le bonnet d'âne et se rend à l'évidence. C'est bien son avenir et celui de sa famille qui sont en jeu. Il est temps de revêtir le costume sobre de l'ouvrier consciencieux.

Traversée de La Roche-sur-Yon, la ville bâtie à angles droits pour que les canons aient leurs aises. Napoléon sur son cheval de fer n'a sans doute que faire de cet homme, pas beaucoup plus grand que lui, qui guide son véhicule avec précaution. Pas grand-chose qui les rapproche. Lui drapé dans sa gloire immobile et consacrée. Notre père dans sa vie simple et besogneuse, mais aussi résolument pacifiste. Et le million de morts en Europe à cause des guerres napoléoniennes ne l'incite pas à saluer le bonhomme-sur-sa-bourrique, comme l'appelle le père Antoine mal revenu de la boucherie de 14-18.

C'est donc la fin du voyage. Le destin a fini son ouvrage, conduisant le motocycliste à l'adresse indiquée, rue Sadi Carnot. Maintenant voilà le sujet seul pour affronter la fin du récit. Le voyage s'est bien passé, de quoi faire bâiller n'importe lequel amateur de suspens. La mobylette a rempli son rôle d'engin motorisé. Ni prouesse ni panne. Un tonton Maurice aurait sûrement inventé quelque chose pour agrémenter un épisode à son avantage. Pas le genre de notre père qui exclut toute vantardise. Il n'a d'ailleurs plus le temps d'imaginer quoi que ce soit. Il vient de poser la mobylette contre le mur de la boulangerie. Le vent froid l'a décoiffé. Quelques passages rapides du peigne sorti de la poche arrière de son pantalon dans sa chevelure crantée et le voilà tout neuf.

Le prologue du rendez-vous pour une future embauche prend d'emblée une teinte peu ordinaire, car le futur éventuel patron est en fait...une patronne! C'est la boulangère qui reçoit car son mari a subi une attaque. Il est maintenant paralysé des deux jambes et ne peut plus remplir son rôle. La boulangerie a besoin d'un ouvrier confirmé pour assurer le travail et la formation de l'apprenti récemment embauché.

Une-deux! Une-deux! visite du fournil au pas cadencé. Forte et pète-sec, la patronne est une femme avec laquelle il paraît difficile de transiger. Après avoir énuméré l'organisation, la propreté, la ponctualité comme qualités premières pour occuper le poste, il lui paraît indispensable que la personne embauchée soit autoritaire tout en restant conciliante, observatrice et concentrée, aimable sans être mielleuse. L'ouvrier parfait qu'elle décrit pour ses besoins, mériterait sans problème d'être canonisé après sa mort.

Les garanties que présente notre père semblent toutefois la rassurer. Marié, père de cinq enfants son expérience est solide, notre père a pas mal bourlingué, mais il s'est stabilisé. Son père, Alexandre Joguet, était l'ancien boulanger de la Mothe-Achard, il avait bonne réputation. La boulangère ne peut cacher un ouf de soulagement. Elle se félicite d'avoir trouvé la bonne personne qu'elle observe maintenant en détail. Le sujet a même de la prestance. Voilà qu'elle donne du Marcel à cet homme qui peut...heu! qui...pourrait, oui, vraiment faire l'affaire. L'entretien touche à sa fin, notre père réajuste et renoue son écharpe autour de son cou. Et là patatrac…voilà que ça s'effiloche. Le charme est rompu. Le Marcel redevient monsieur. Les yeux de la dame se plantent dans ceux du candidat avec un air effrayé, puis planent un peu, avant de fixer le sol comme s'il y avait matière à réflexion.

Un mais sournois comme un nuage noir a pointé son nez dans le ciel limpide de la pré-embauche. Un petit rien qui dit son tout sans le dire vraiment, au point d'entraîner la boulangère dans un baragouin inintelligible : le mot dilemme côtoie convaincue qui se chevauche avec faut-voir qui se mélange avec toute-sa-confiance qui eux-mêmes se faufilent au milieu de y'a pas de temps à perdre. Enfin après on peut conclure l'affaire sur-le-champ, suit l'incompréhensible je-dois-prendre-le temps-de-réfléchir.

De saint des saints notre père est passé à une esquisse, un profil incertain de candidat à l'embauche. Qu'est-ce qui a bien pu se passer ? Pourquoi la patronne a-t-elle hésité au dernier moment, en le regardant si bizarrement ? Sorti de la boulangerie, il ne peut s'empêcher de toucher son visage pour sentir si, sous ses doigts, il n'y aurait pas une bizarrerie : son nez aurait-il allongé comme celui de Pinochio ? une myriade de poils lui sortiraient-ils de l'oreille ?

La déception fait maintenant place à une colère rentrée. De retour à la maison, que va-t-il pouvoir dire à sa notre mère ? Qu'il est embauché sans l'être ? Que cette patronne a dit oui tout en disant qu'elle pouvait encore dire non ? Sûr que les cinq enfants et la femme qu'il doit nourrir, peuvent continuer à ouvrir la bouche sans qu'elle se remplisse pendant trois jours, délai qu'elle s'est finalement accordé pour donner sa réponse !

Le destin avait-il eu tort d'arrêter son job à la porte de la boulangerie ? Fallait-il qu'il se contente d'escorter le héros pendant son parcours en mobylette ?

Le préposé au devenir avait tout simplement oublié un détail. Habitué aux grands travaux comme l'accompagnement d'Ulysse pendant son voyage homérique, le destin avait négligé le contexte régional. Or le récit se déroulait en Vendée et pour sa traversée du froid, notre mère avait choisi pour son mari,… une écharpe rouge. Enfer et damnation ! Pour cette commerçante vendéenne catholique pratiquante, cette écharpe rouge, que notre père avait réajustée d'un geste large et princier autour de son cou comme il aimait le faire, signifiait sans aucun doute qu'il était...communiste! Et comme on se le disait à cette époque dans les foyers aisés, agrémentés d'un confort mérité et d'une promesse de paradis, les communistes n'avaient qu'une idée en tête: assassiner et couper en petits morceaux la gente patronale. Pauvre père! lui qui ne défendait que mollement ses droits de salarié, car il avait horreur du conflit.

Il apprendrait plus tard que la boulangère s'était renseignée auprès de ses anciens employeurs sur ses engagements politiques. Ceux-ci n'avaient pu que décrire un homme nullement contaminé par des idées insurrectionnelles. Cet ouvrier d'un tempérament gai mais sérieux, faisait bien son boulot. Il n'y avait rien à dire. La boulangère avait pu ainsi surmonter ses fantasmes.

Dès le lendemain nous apprenions par garde champêtre interposé que notre père était embauché. Et quelques mois plus tard, sans tambour de garde champêtre ni trompette de Jéricho, nous déménagions dans un appartement HLM de la capitale vendéenne.

Au revoir petit bourg de mon enfance, bonjour la ville et ses cités.

Au revoir les petites joies tranquilles, bonjour les sueurs adolescentes.

Au revoir de notre père à un travail de boulanger dont il était fier, bonjour à un travail de plus en plus mécanisé auquel il ne souscrirait jamais.

Il

prend du temps pour resurgir
délivre quelques secrets
s'ouvre et laisse
des espaces libres
où construire.
la suite de l'histoire.

COMMENT, TRENTE DEUX ANS PLUS TARD, L'AUTEUR REMET DES AILES À SES BRODEQUINS OU LA MÉMOIRE RESTITUÉE

Mais qu'est-ce qui t'arrive ? Étonné, déçu, abasourdi : tous les adjectifs de la stupeur et de la consternation pour décrire l'état intérieur du frère directeur ce jour-là.

Je fais partie de ses bons élèves et je suis incapable de situer les grandes villes sur la carte de France ! Lyon, Marseille ou même Paris me sont aussi étrangers que Tripoli, Adis Abéba ou Tombouctou.

Pensant que j'avais intégré la géographie aussi bien que la grammaire ou le calcul mental, notre instituteur ne m'interrogeait jamais dans cette matière. Il réservait ce privilège aux élèves réfractaires pour lesquels le rabâchage et quelques claques formaient à l'époque les bases de sa pédagogie.

Ce jour-là, il ne se moqua même pas de mon ignorance, il était au trente-sixième dessous, le trente-septième étant l'enfer pour enseignants défaillants. Comment ce garçon dont la mère était capable de réciter tous les départements de France avec ses chefs-lieux pouvait-il ignorer le Mont Gerbier de Jonc et situer Toulon dans la Corrèze ?

La suite de mon interrogation au tableau ne fit que confirmer l'immense étendue de mon inculture. Obligé de regagner ma place, j'ai fait trois tours sur moi-même pour me réorienter. Les autres élèves riaient. La classe ? un vrai désert de Gobi.

Je ne suis qu'enfant de papa et maman, dans un petit monde que je connais par cœur, cœur étant l'organe essentiel pour la conduite de mes pas. Ma géographie personnelle se situe entre le champ de foire aux cochons, le palais de justice, le café Chez Tintin, les halles, la venelle, le cinéma Rex et l'école des garçons. Elle peut s'étendre jusqu'à l'église d'un côté, et jusqu'à la boulangerie coopérative où travaille mon père de l'autre. Au-delà, c'est le hasard et le risque de danger. Comme à la sortie du bourg, devant la maison de Guy

Médard. Si vous voulez aller au château de l'agriculture, changez de trottoir ! Car vous pourriez rencontrer le regard aigu de deux petites têtes sur deux corps mous appuyés le long du mur. D'accord, Guy nous dit que ce sont ses tantes et qu'on les sort pour qu'elles prennent l'air, qu'elles sont handicapées, mais qui dit qu'elles ne jettent pas des sorts ?

Le bourg de La Mothe-Achard est donc le périmètre qui garantit ma sécurité. Le chemin aux canards au-delà de chez le notaire offre toute la gamme des aventures dont j'ai besoin avec mes copains. Qu'est-ce que je ferais de Paris, Lyon et Marseille ? Notre maison est le centre de cet espace privilégié. Avec les récits qui s'y déroulent, je compose mes scénarii, et j'essaie tant bien que mal de diriger les acteurs. Dans mon royaume imaginaire où les familles sont heureuses, je suis metteur en scène et producteur. Pas question pour moi de quitter le plateau.

Septembre 1957. Entrée en 6e au lycée de l'Amiral Merveilleux du Vignault des Sables d'Olonne pour continuer mes études après le certificat élémentaire. L'adjectif merveilleux accolé au nom de l'amiral, s'il valait pour le militaire, ne vaut en rien pour l'établissement. Quant à la poursuite des études, je saurai vite que ces dernières ont beaucoup plus de souffle que moi. Mais pour l'instant, je suis excité par la découverte de ce monde inconnu, que je prends pour une extension de ma maison. Dortoir, internat, mots étranges et sans consistance.

C'est avec les mères que se fait la rentrée à l'internat. La mienne s'y est préparée avec application. Tous mes vêtements dans la valise portent maintenant le numéro cinquante. Aucune magie dans les chiffres. Rien que la platitude grise d'un nombre qui accentue le statut vraisemblable de prisonnier. Mais provisoirement, je ne traîne aucun boulet. Tout habillé d'insouciance, je descends quatre à quatre l'escalier qui nous a menés au dortoir où ma mère vient de faire mon lit. Elle me suit à son rythme.

Je n'ai pas ajouté pesant, j'aurais peut-être dû. Est-ce que j'ai ressenti que l'écart entre nous était désaccordé ? J'avais mal joué mon rôle.

Je n'ai jamais autant compris qu'à ce moment-là que la tristesse était au fond d'elle et que c'était à moi d'être le veilleur. Je me suis retourné. Lorsqu'elle est apparue dans le tournant de l'escalier, elle pleurait à chaudes larmes.

Ma mère m'abandonnait à l'internat. Je l'abandonnais à sa tristesse.

Septembre 1998. Éducateur en Milieu Ouvert à La Roche-sur-Yon, je suis une formation à l'Approche Systémique pour travailleurs sociaux à Nantes. C'est notre seconde année de formation. Parmi les outils qui nous sont proposés pour essayer de comprendre notre propre système familial, le formateur nous présente ce qu'on appelle les Sculptures Vivantes. Il s'agit pour chacun de représenter, avec l'aide des autres participants, ce qu'il imagine des relations dans sa famille d'origine et de la place qu'il y occupait. Cet exercice doit permettre de clarifier nos propres écueils et réussites pour améliorer nos compétences d'aide auprès des familles. Mais le chemin pour y parvenir peut être épineux et déstabilisant car il explore des faces souvent méconnues de la mémoire familiale.

Le thème proposé aujourd'hui est celui de Notre Première Séparation, celle que chacun imagine dans son histoire personnelle. Pour ma part je choisis spontanément mon départ pour l'internat à l'âge de onze ans. Conformément à la règle je distribue les rôles. Mon père, ma mère, mes quatre frères et sœurs et moi-même sont ainsi désignés et prennent les places et positions que je leur attribue. Les participants doivent se laisser modeler à la manière de sculptures vivantes.

La scène représentée se situe chez nous au moment de mon départ. Je place chacun dans son rôle. Mon père et ma mère sont assez éloignés l'un de l'autre. Ma mère est juste à côté de moi, elle me regarde. Mes deux sœurs jumelles sont séparées. L'une est proche de mon père, l'autre de ma mère. Mon petit frère est un peu isolé, pas si loin cependant de ma sœur aînée qui elle, est déjà à l'extérieur du groupe.

Je regarde la scène. J'ai encore la possibilité de changer quelque chose si elle ne correspond pas tout à fait à l'image fixée dans mon souvenir. Puis c'est un moment de silence et de concentration. Le formateur interroge alors chacun des participants au tableau. Que ressent-il dans son personnage à l'endroit qu'il occupe ?

La mère est bouleversée, elle se sent profondément seule. Le père est perdu, il ne sait plus où est sa place. Les sœurs jumelles se sentent trop éloignées l'une de l'autre. Elles n'ont aucun choix. Le petit frère, lui, aimerait être plus près de son père. La sœur aînée se sent bien là où elle est, mais ferait bien un petit pas en arrière, pour se réorienter dans sa propre famille, dit-elle.

À ce moment de l'exercice, je ressens une vive émotion, celle du jeune garçon que j'étais lorsque j'ai levé les yeux sur ma mère ce jour de rentrée au lycée. Une voix dans ma tête : maman va rentrer à la maison et je ne serai pas là, à côté d'elle. C'est une superposition d'images où je me vois attacher son regard quand elle se sent triste, devenir particule de tendresse et d'attention pour elle dans ses mauvais moments. Sitôt un voile de grisaille sur son visage et je deviens dévoué, obligeant, secourable. Chasseur de mauvaises idées, je suis impitoyable avec ses soucis, quitte à lui en créer quelques autres. Mon père a les qualités pour faire barrage à sa mélancolie, mais il est peu présent à côté d'elle, à cause de son travail. Alors, sans le dire, il m'a formé dans l'art du détournement. Il compte sur ma présence pour alléger l'atmosphère familiale quand les tensions sont trop vives. Pas étonnant qu'aujourd'hui, après mon départ, sans suppléant, il se sente perdu dans un rôle qui lui est peu ordinaire. C'est ce que semblent révéler les Sculptures Vivantes.

Dans mon tableau familial, les acteurs du jour tentent une reconstruction après mon départ à l'internat : déplacements, frôlements, touchers, évitements, début d'alliances. Je les regarde avec inquiétude. Que vont-ils devenir sans moi ? Je m'imagine : nuage souriant et paisible au-dessus d'eux, les distrayant, caressant leurs visages pour les réconforter. Mais les nuages dans le lycée de l'Amiral restent au sol et se mettent en rang avec les élèves.

Vent léger et qui amuse, le rire de mon père tente de détendre l'atmosphère. Mais sa frivolité a un effet contraire. Elle met l'accent sur son absence coutumière. Ma mère n'est pas toujours rassurée. Elle aurait besoin d'un roc à la maison, elle ne dispose que d'un mari de passage, père transitoire. Je n'ai pas fini mon travail auprès d'elle. Ma géographie n'est pas près de s'agrandir. Mes hasards de voyage ne sont pas pour demain.

Enfant, adolescent, adulte, j'ai continué mon rôle de régulateur dans ma famille et de soutien auprès de ma mère. Cette responsabilité, que je m'étais peut-être moi-même attribuée, a certes compliqué ma vie. Mais, pleinement reconnu dans cette tâche par mes parents et de façon plus nuancée par mes frères et sœurs, j'ai acquis ce qu'on appelle une légitimité constructive. J'ai pu, à mon tour, la transmettre à mes enfants. L'équilibre des comptes est atteint. Je peux quitter mon théâtre de papier.

Chargé des faveurs de l'enfance, j'ai de nouveau enfilé mes brodequins et retrouvé leurs ailes. Nuage-veilleur hier, grand-père nuage aujourd'hui, je m'arrange avec le réel. J'en mets très peu dans ma cuillère. Depuis le haut de mes rêves, j'égrène mes histoires, les saupoudrant de bulles de rire qui éclatent au visage de la lune. Parfois, au détour d'une phrase, surgissent des gnomes, troupe malicieuse et secrète aux bonnets rouges. Quel âge ont-ils ? Même très âgés, ils ne grandissent jamais assez pour être vraiment vieux. Ils m'invitent à les rejoindre dans leurs cavalcades et cabrioles. Certains matins de brume ils inventent le soleil pour la journée. Ils ne sont pas en peine avec tous ces rayons dans leurs poches. Ensemble nous posons les couleurs sur le visible et gardons quelques nécessités pour ce qui se voit peu : nous tenir dans le souffle lent des arbres, promettre de tout voir dès que nos yeux se lèvent, garder notre soif d'exister. Avec eux, je fais des bonds par-dessus les plis du temps. J'écoute le monde battre ses heures.

Il, qui ?

Le temps de l'enfance.

LES **MOISSONS**

www.gesteditions.com

Par ce logo, nous témoignons d'une volonté de réduire les impacts environnementaux liés aux activités de l'imprimerie. Nous choisissons un imprimeur impliqué dans la réduction des gaz à effet de serre. Le choix de nos papiers assure que la production a été faite à partir d'un produit à base de bois et a suivi le cahier des charges d'une gestion durable des forêts européennes.

Achevé d'imprimer chez CPI Firmin Didot (163837) en France en avril 2021 pour le titre « Petites histoires de mon passé ».

Suivi éditorial : Céline Garcia
Conception graphique : Guillaume Bertineau
Mise en pages : Sarah Ponzo
Relecture : Julie Leboissetier

Dépôt légal : 1er semestre 2021

Groupe La Geste
11, rue Norman-Borlaug
79260 La Crèche
contact@gesteditions.com